# 今も私はあなたの愛でいっぱいです

*Kuni Ebato*
江波戸クニ

文芸社

# はしがき

私は北海道積丹半島、小樽に近い小さな漁村で生まれました。半分は山、半分は海、そして真中を川が流れ、川には丸太棒の橋がかかっていました。ニッカウヰスキーのある余市市と背中合せの山より流れる清水を飲み、日本海の美しい海で釣れた海産物を食べて育ちました。私の育った頃はランプで、水道もなくポンプのある家も少なく、主な交通手段は船でした。ですから時化の時など何十キロの山道を歩かなければなりませんでした。時々熊に出合うこともありました。燃料は石炭と自持ちの山の薪。冬になるとカムチャッカや樺太に出稼ぎに行く人が多く、私の父も長姉も行ったそうです。

村の生活は、自分達で食べるための野菜物は自分達で作り、お金はほとんど漁によるもの。当時は、ニシンがたくさんとれました。勤め人というと学校と営林署と郵便局の職員、診療所の医師や看護師、駐在所のおまわりさんだけ。娯楽は移動映画館と集落の青年団が見せてくれる演劇。村全体で行う運動会や祭。走るのが早かった私は賞品をたくさんもらいました。

螢雪時代のFさんにTさん、一番仲良しの大小コンビのKさん。あの頃の仲間は今どうしているのでしょう。

中学三年の春、診療所に江波戸先生が赴任してきました。私は同級生三、四人で学校からの帰り、診療所の窓拭きや掃除を手伝いに行きました。掃除が終わって院長先生と話をしました。

「私の家にもあなた方と同じ年頃の男の子がいて、ひろ坊（後の私の夫・宏）と言うんですよ。喧嘩が好きで、喧嘩と聞くととび出してゆくんですよ。五、六歳年上の不良を負かすほど強く、いつも勝ってくるんだから……」

そして、おば様みたいな方がメロンをご馳走してくれました。そのメロンの味はおいしくて忘れられません。

私は新制中学卒業後、漁業組合に勤めました。海の荒くれ男達を相手の仕事です。

そのうちに診療所に院長先生の奥さんが来ました。病身でした。年が明けると間もなく奥さんは亡くなりました。葬儀には集落の人達や私の母も手伝いに行きました。その時、私達にメロンを持ってきてくれた方は、診療所の先生の長男のお嫁さんのお母さんだとわかりました。他にとても可愛い都会風のお嬢さんが二人いました。

私とひろ坊が結婚して江波戸家に嫁いだ時は、義父と義弟・久と私達二人の四人家族でした。夫・宏が急死し、五歳になった一人娘の洋子を抱えて途方に暮れていた私を東京に呼んでくれ、仕事を探してくれた義姉は朝日新聞社に勤めていたそうです。旦那様はとても頭の切れる人でなんでも知っていて、そして面白く、とても大きい心持ちの人です。義姉も利口な人で何事にもこだわらない人でした。本当にやさしい夫婦。今もって何の恩返しも出来ないでおります。

義姉は、「クニちゃんと洋子ちゃんが元気で生活できてれば、いいんですよ」と言い、私も甘えています。洋子と二人、元気で生活出来たのも皆様のやさしい気持ちがあったからと深く感謝致しております。

その後、娘は高校を卒業して新宿の伊勢丹に入社し、そして日本橋の三越に移り、そこで知り合った方と一緒に銀座プランタンの開店と同時にオープニングスタッフとして入社しました。

そんなある日、成田空港から手紙が届きました。これからシンガポールへ行き、仕事をするという娘からの手紙でした。この手紙が届くころには現地に着いているとも書かれており、娘が一人で住んでいた部屋の合鍵が同封されていて、後始末をお願いとありました。

突然のことでびっくりしましたが、いつかは海外へ出て行くのではないかという気がしておりました。独立心の強い娘のことですから、これも人生と思い娘の無事を祈りました。

やがて、シンガポールで知り合った日本の商社マンと結婚し、孫ができました。娘がシンガポールに行ってから十七年になろうとしております。残念ながら娘も夫に先立たれてしまいましたが、元気に仕事をしながら母親としてがんばっております。

私は四年前に退職し、一年に一度、孫と娘に会いに行きます。娘が手配してくれた飛行機でアジアの国々をたくさん回りました。娘は、シンガポールで一緒に暮らそうと言いますが、私の人生の基盤は現在暮らしている東京にあります。なかなか離れることができません。これからも、いつ娘たちが帰ってきてもよいように、ここで、一人で暮らしていきたいと思っております。

この本は、私と若くして亡くなった夫・ひろ坊との思い出と、その後の生活の中で、苦しい時、淋しい時にそれを乗り越えようとペンを走らせたものです。

たくさんの人に支えられて生きてきた私と娘の記録の一端です。お読みいただいてありがとうございます。

平成十七年一月

江波戸クニ

# へこたれぬ母

洋子

かみつきそうなノラ犬が、行く手をさえぎっていても、回り道などせず、そこいらの棒切れを両手にしっかりとつかみ、犬の鼻づらのひとつぐらいブンなぐって走りぬけ、だいぶ後で、「ああこわかった」と言うような人、これが私の母である。

「どうにかなる」でなく、「なんとかする」の精神は、私にうけつがれた母の性格だと思う。少しぐらいのことにはへこたれず、両親が付けてくれた名前のように、太平洋のようにひろくゆったりした心に私を育ててくれたようだ。

多分、小さい時から母のグチや、なきごとなんぞ聞かされずに育ったせいであろう。

だから、母の苦労話も、今明るい気持ちでうけとめられるのだと思う。

目次

はしがき……3
へこたれぬ母　洋子……7
第一章　運命の人
愛の詩《うた》……13
結婚まで……27
義父病む……31
雑居生活……35
出稼ぎの夫……39
女児誕生……45
第二章　愛する人達の死
義父の死……49
ひさ坊の死……52

夫の急死……56
みかん箱の仏壇……61
はたちの若後家……66
生活苦に耐えて……70
運　命……74
けなげな洋子……76
縁　談……80
洋子病む……82
親切な高橋さん夫婦……86
帰　郷……89

第三章　悲しみを乗り越えて

東京へ……95
職探し……97
学校給食係に……109
梅雨に弱い道産子……121

給料日……124
眠られぬ夜の私……134
あなたとの日記……140
仕事への倦怠……151
十三回忌……156
父の便り……165
上京後初めての帰郷と父の死……169


## 第四章　娘の独立

引越しと洋子の就職……179
天国のひろ坊へ……211
私の履歴書……213


**抄録・日常雑感**……217

# 第一章　運命の人

# 愛の詩《うた》

## 愛

愛
愛よ
ただ　一つの愛よ
なぜ
お前は　私を苦しめるのだ

# 籐椅子の先生とあの人

海岸通りの道を　急ぎ足で勤めに行く
海の見える小さな丘に病院があった
朝早くから窓は開けられ
籐椅子に横になり院長先生が
いつも海を見ていたようだ
毎日　見てしまう　あの窓
毎日　大きい声で　挨拶をする
　おはようございます　と
先生はニコニコ笑っていたっけ
いつからだろう
先生の後ろにあの人が立っていたのは
若い娘達の話題の　あのひと
はじめて見ました
いつものとおり　見てしまった　あの窓

目と目があってしまった
挨拶する声が　うわずったようだ
ただ顔を赤くして
急ぎ足で通りすぎる

次の日から
あの窓を見るはずかしさと
たのしさがふえた
今日も元気に　おはよう　と
通りすぎる私

知らず知らずに向く海岸。海へ沈む太陽。私はこの時間が一番好きでした。夕日が一番美しく見える場所を、私だけの秘密の場所としていました。

## 学生服のあの人

黒の詰衿の学生服
黒い帽子に　黒のコート
あのひとは　町からやってきた
三月　北海の春は　まだ遠かった

長袖のシャツを腕まくり
すそ幅の広い黒のズボン
素足にゲタをはき
あのひとは　やってきた
夏休み　すき透るような白い肌

月見草の花が
ポッポッとかすかに音をたてて咲いた
お盆もすぎ　町からきた若者達も帰り

村も静かになって
また淋しくなった
あの人も帰っていった
八月の末
もうここは冷たい風が吹いていた
春になると　あのひとはやってくるだろうか
きっとくると
あの黒く澄んだ瞳が　そう言ってたようだった

## 待つ

わたしは　待っていよう
日の落ちた暗い空に
やがて青い星が　かがやくのを
宵待草も　花開き
今宵の河辺でゆれている
わたしは待っていよう
いつまでも　いつまでも

この頃、私を好いてくれる男性が多くいました。酒の勢いでキッスしようとして、私に腕をかまれた人。一緒になってくれなきゃ岬からとび込み自殺をする、と言った人。旅人からも告白されました。でも、私の胸の火は、あのひとに灯されたのです。

## あなたと私

海の好きな私
海の好きなあなた
黙っていても二人の足は　海岸へ向く
砂浜を黙って歩く
水平線の彼方に貨物船が
小樽港へ向かって通る
近くには漁火
小岩に腰をかけ　沖をみつめる二人
あなたは何を考えているのでしょう
知り合って一週間
あなたは　まだ　好きとも言ってくれない
だけど　私には　あなたの心がわかるようになりました
黙っていても同じようなしぐさを
あなたがするんだもの……

# 恋人達の天国

つめたいぐらいに澄みきった夜空
深いアイ色のビロウドの幕の中に
光る無数の星
どんな素晴しいダイヤにも
負けない　夜空の星
盆踊りの輪をぬけて
河原の草かげに腰をおろして
あなたを待つ

月見草の花が
ポッポッと音をたてて咲く
私の後ろから　ソーっと
手で目かくしをするあなた
河原にゆらぐ月の影

一面に咲きゆれる月見草の花
遠くに太鼓の音
こんな月の夜は
恋人達の天国だ

# けもの道

村の人でも
あまり行ったことのない山
人の道は　そこになく
そこには　けもの道がついている

都会育ちの　あのひとは
ものめずらしさと　持ち前の恐いもの知らずで
その道を行く
いつもなら逃げ帰ってくるこの道なのに
あなたと一緒なら　少しも怖くなかった

まわりに　恐ろしいものもなく
ただ　あるものは
二人だけの愛

## 十七歳の別れ

八時五十分の定期船
その船であの人は町へ帰ると聞く
港から船の出たあとだった
定期船の通ってゆく岬
よく　あのひとと行ったものだ
走った
走った
岩から岩へ　とぶように走った
間に合うようにと……
船の上から私が走ってるのが
見えるだろうか
船と競走するように走った

岬から手をふる私を見つけ

あのひとも手をふってくれました
息切れも　人に見られるはずかしさも
そこにはなかった
あなたの顔と
想い出だけが残されて――

# 樹　氷

重なり合って立っている樹氷
急斜面をとぶようにすべるあなたの姿
雪の中に見えなくなった
私も負けずと後を追う
ここの生まれで　すべるのには馴れている私なのに
こんな山奥まで来たのははじめて
道をふみはずして
ころんで木の根本にぶつかって止まった

その頭の上に木の枝の雪が落ち
声だけ残して　私は雪の中
あなたはすぐもどってきてくれたが
雪だるまになった私を
助けようともせず

大声で笑っていましたね
その声が
木木　山山にこだまして
樹氷のように美しかったあなた

小さな村、私達二人は噂の的となりました。女友達は私をうらやましがりました。その人を村の人達は、「病院の兄さん」と呼びました。はじめは私もそう呼んでいましたが、「宏」という名で、兄弟は「ひろ坊」と呼ぶとのことでした。

そして彼は結核病におかされていることも知りました。

私の兄夫婦と両親と私。ひろ坊がみんなの前で頭をさげました。反対はしたものの兄達も「お前がいいのなら」ということで、私はその夜のうちに江波戸家に行きました。

ひろ坊と私は診療所まで行く道すがら何も言わず、手だけしっかりにぎり合い、ちらつく雪の中を歩きました。

昭和二十八年十月十六日のことでした。

# 結婚まで

## 月夜の海

波の静かな月の夜
海に出てみませんか
水平線と空の区別がつかなく
月だけがキラキラと
波間をこきざみに照らしている
浜ナスの香が時おり風に吹かれ
かすかな匂いをただよわせ去ってゆく

海へ入ってみようか

素裸のままで泳ぐ
沖の岩場までゆきつく
一つの小さな　鴎の島
素裸のままで抱き合う
まるで　人魚のように
ここは人目もなく
月だけが二人の姿を
蒼白く照らして……

## 青い空と海

空の青　海の青
どこが水平線かわからないくらいだ
気分がいいと泳ぎにゆこうと言ったあなた
心配する私を岸に　あなたは沖に向かって泳いでゆく
ときどき私の方をふり返って見る
青い海の色の中に　あなたの白い顔が見える
だんだんそれも見えなくなる
心配になって高い岩の上に立って手をあげて呼んでみる
聞えたのか　あなたは岸に向かって泳ぎ出した
みるみる顔が大きく見えてきた
ときどき　止って　顔をあげ　私の方を見る

あなたの心臓の早く打つ音が私の頬をつたわって聞えてきた
砂の上に寝ころんで

青い空にとけこんでゆく白い鴎と空を見る目が痛くなりそうな青さ……
あなたも　私も
空の中にいるようだ

## 義父病む

二十九年の春、医者の義父が体を悪くし、往診の帰り、よく下痢をもらすようになりました。私が川まで汚物のついた下着を洗いに行ったり、義父を裸にしてお尻を拭いたりしてあげるのを見て、ひろ坊はゲッゲッと吐きそうになって逃げ出すのです。義父ははずかしそうに前を押さえていました。

叱ることを知らない天使のような義父。なんでも知っている義父。私は義父が大好きでした。義弟の久（ひさ坊）は、私の実家によく遊びに行っていました。私はなかなか行けませんでしたが、母はよく立ち寄ってくれ、兄の漁から魚を置いていってくれました。

私は嫁いですぐ、義父の病に遭ったのです。遠くからひろ坊は、「クニちゃん、よくあんなことできるね」と感心し、私は、「平気よね、お義父さん。ちょっと我慢してね」とゴシゴシ拭いてあげるのでした。

冬、冷たい川の水で汚物を洗ったものです。ちっとも苦に思わなかった私です。

ひさ坊は私に「クニちゃん、クニちゃん」となつきました。しかし義父の病気で診療所の経営もおもわしくなくなり、一家揃って町へ引き揚げることになりました。兄が送別会をしてくれました。

## 十八歳の別れ

船が岸壁を離れる
母も兄夫婦も友達も
村中みんなで送ってくれる
泣くまいと思っても涙が出てくる
ひろ坊の胸に顔をうずめ
泣いてしまった私
「ほら　みんなが手をふってくれているよ」と、ひろ坊
涙でみんなの顔が見えなくなった
岬を回る時　友達三人が手をふってくれました
船の見えなくなるまで……
もう　この村にも来ることはないだろう
なつかしい丘の上の校舎
いつも夕日を見てた秘密の場所
冷たい風に涙を落とした

私が十八　ひろ坊十九の
まだ寒い　北海の雪の春でした

# 雑居生活

長い長い汽車。江部乙という町に着きました。リンゴ園をやっている、背の高い、ひげをのばした長兄が馬ソリで迎えに来てくれました。目のきれいな義兄です。

義父とひさ坊は馬ソリで、私とひろ坊は歩いてゆきました。だまっている私に、ひろ坊はリンゴ園を説明してくれました。

町を過ぎると、広い山道になり、その両側はリンゴ園でした。雪の中にリンゴ園の樹々が行儀よく並んで、とても綺麗でした。坂道を上りきった所に墓地と火葬場がありました。

長兄の家に着いて、びっくりしました。狭い家に、長兄夫婦と子供二人、兄嫁の母、二人の義妹と二人の義兄、義弟、そして私達四人、合わせて十四人の家族となりました。

義父は芦別の診療所へ勤めることが決まっていました。だから、私達も一緒にと思っていましたが、どうもそれは無理のようでした。

ここの家庭も楽でないことを知りました。私は働くのが好きなので、よく働きました。でも教養もないし、話は合いませんでした。義母を「ばあぱん」と呼びました。物腰の静かなやさしい人でしたし、義姉もせかせかせず、やさしい女性でした。小さいひさ坊は「クニちゃんと寝る」と言って、私とひろ坊の間に入って寝ました。

家も狭いし、こんなに大勢来たので、義兄達も大変だったと思います。

この家から四キロ離れた開拓地に、二番目の義兄が開拓農業を営んでいました。家も掘立小屋だ、とか。そのうち、私達も行くことにしました。私も早く夫と二人だけになりたいと願いました。

夏になる前、私達は障子も何もないところでしたが、がまんして開拓地に入りました。そして義兄の農業を私が手伝いましたが、それではお金になりませんでしたので、ひろ坊は町まで仕事をしに行きました。あし毛の馬がいました。

大勢の冷たき目とも遠く離れ、
夫の胸につくづく幸せを思う。

これが実感でした。

開拓地の隣人はみなよい人達でした。それにしても隣まで行くのにも大変なところでした。

## あし毛の馬の想い出

あし毛の馬と一緒にいたひと
あし毛のような　長い足
あし毛のような　大きい瞳
あし毛のような　長いまつげ
ときどき　長いまつげをふせて
哀しそうに遠くを見る

いつも一緒に走り　駆けたあし毛
夕焼けの赤が　あし毛の白い体も
あのひとの体も真赤に染め
夕日を見ている二つの影は
まるで絵のよう

夕日に向かって　あし毛は駆ける

夕日に向かって　あのひとも駆ける
そして　いつの日か
夕日にのみこまれて
逝ってしまったあのひと

あとに　あし毛だけが残されて……

# 出稼ぎの夫

見渡すかぎりの広い土地。義兄の手伝いをしながらなんとか暮らしました。二人だけの愛の巣。山陰の溜池によく泳ぎに行ったものです。素裸で泳ぎ、草布団に寝、楽しかった。少しばかりのお金で食べ物を買い、その日、その日をしのぎましたが、不幸なんて考えてみなかったあの頃でした。いくら若くてスポーツマンでも、病気上がりのひろ坊を働かせたくありませんでした。まして肉体労働は禁物でした。が、仕方なかったのです。

仕事の都合で、ひろ坊は隣の深川へ泊りがけで行きました。一人残された開拓地。隣までは何百メートルも離れ、淋しくひろ坊の服や寝巻に顔をうずめ、香をかいでは泣きました。毎晩のように……。

昼間のうちは義兄が来たり、近所の人達も時おり来られるのですが、夜はたえられず、一週間目にひろ坊に帰ってもらうことにしました。食べられないことより離れていることの方が辛かった時でした。

# あなたの帰る日

ポツンと人影が見えた
あッ　ひろ坊だ
ヘビのようにくねくねした道
山にかくれ　林にかくれ
見えたりかくれたり　でもひろ坊です
私がここに立ってるのが見えないのです
一生懸命歩いています
だんだん近くなって
「ひろ坊——」と
叫んでみた
走ってゆくには遠すぎる
まだ丘を一つ越えるのです
ハア　ハア　言いながら
ひろ坊が帰ってきた

私はころびそうに走って
胸にとびこみ泣いた
「馬鹿だなあ　泣いたりして」と
やさしく涙を拭いてくれた
あの白い顔が　日に焼けて
少し黒くなって
あなたは土の匂いがした

天気の良い日、義父とひさ坊が遊びに来ました。開拓地へ来てから初めて会うのです。豆の草取りをしていたら、「オーイ、オーイ」と二人で馬車の上から呼んでいるのです。「お父さんも少しは気分がいいみたいで、クニちゃんに会いたいと言うので連れてきた」と義兄が言いました。私も近寄りながら「オーイ、オーイ」と答えました。嬉しかったです。畑に椅子を出し、義父をかけさせ、私はその周りで仕事をしていました。

義父は長男の家に帰りたくないと言います。私も一緒に暮らしたいのですが、家もボロだし、食べ物もないし……。それでも義父はいいと言うのです。多分一、二日いたら帰ると言うだろうと思いましたし、可哀そうで、一緒にいることにしました。

ひろ坊一人の働きでは苦しくなるばかり。私は手伝ってもお金にはならず、芋や南瓜はまだ穫れないし……。食べる物もなく、押麦を煮てみたりしましたが、とても食べられませんでした。隣のおばさんがお米を貸してくれました。

ムギもなし裏なり南瓜ひろいきて
　煮つつ働く夫を待つ夕

胎に子をかかえているがこの南瓜
　義父と義弟にわけあたえる

土工夫の夫弁当持てぬ日は
　見送る妻の心もつらし

借りてきて炊きし白い一升めし
　四人でペロリ食べてしまうなり

　昭和二十九年、開拓地の頃、私達は食物がなくとも喧嘩もせず、お互いになぐさめ合い、いたわり合いながら暮らしました。押麦ばかりの食事もできなくなり、冬近く荒れた畑から誰も食べない裏なり南瓜を拾ってきては米のかわりに食べました。塩もミソもありませんでした。義父もひさ坊も夫のひろ坊もそれで我慢してくれました。何日もそんな苦しい日が続き、弁当も持てず、病弱の体をわざと丈夫に見せ、働きにゆく夫の姿を見て泣きました。心配なのです。お腹が大きくなかったら働けるのにと私の心は焦りました。

　洞爺丸の沈んだあの台風で家は壊され、義父と義弟を長兄の所にあずけました。子供が生まれることもあり、「赤ちゃんが生まれたら、また一緒に暮らそうね」と私達は町へ出ることになりました。十月、北海はもう冷たい風が吹きすさんでいました。

　引越しといっても家具一切なし。やかん一つ、釜一つ、茶わん二つと箸だけでした。屋根裏でしたが、安い家賃なのでそこに決めました。背の高いひろ坊はよく鴨居に頭をぶっつけていたっけ。

　二人になってはじめて食べた白い米。リンゴ箱のお膳を前に胸がいっぱいになり、涙が止まらないのでした。涙が玉になってリンゴ箱の上に落ちました。

「苦労かけてご免ね。今度頑張るからね」と頬をつつんだあなたの手のぬくもり。全身の愛がつたわってくるのを感じました。

## 詫びる

許してください

健康になれず「ご免」と
あの夫《ひと》は言った

私の手のあか切れ　やぶれた洋服を見て
自分の病をくやんだ夫

幸せにしてやると言って　何もしてやれなかったと
くやしがっていた夫

いいえ　私はあなたの愛でいっぱいです
病院にも入れてあげられなかった私を
かえって許してください

# 女児誕生

白いものがちらつき、開拓地へ野菜物を取りに行くことになりました。義兄が残してくれた物です。一人で行くと言うひろ坊について行く私。八キロも歩かねばならないのです。二人で山ほど背負って帰ってきたのは、もう夕暮れでした。荷を下ろしたとたん、立てなくなり、ひろ坊は笑いながら、「ホラ、いっぱい背負ってくれるから……」と手を引っぱってくれましたが駄目。階下の木村さんの奥さんが出てきて、「赤ちゃん、生まれるんだわ」と言ったので、ひろ坊は大あわて。一カ月も早く生まれることになるので、まだ何も用意をしていなかったのです。あちこちの用意に大変でした。

知っている人もなく、義父がお世話したという産婆さんとひろ坊がそばについていてくれて女児を出産しました。〝赤ちゃん〟でなく、色白の子（それは栄養がたりなく）〝白ちゃん〟で生まれた子は、脳天に長い白髪が一本ありました。ひろ坊は、「天下をとるぞ」なんて言って、ご機嫌でした。二人で「可愛い、可愛い」の連発。

太平洋のように大らかで強く心の広い子にと願って「洋子」と命名しました。

体の弱いひろ坊はそれに屈せず仕事に行き、帰ると洗濯もしてくれました。私はそれを見ていられず、出産後二日で起きてしまいました。田舎の母は、「生まれる時は教えて。行くから」と言ってくれていましたが、そのときは冬支度の最中でした。予定より一カ月も早く生まれたので——。でも一週間目に来てくれました。

私が起きているものだからびっくりして、ひろ坊に、「お産の時は二十一日間、安静に寝かせてやらねば」と言い、私も叱られました。母が洋子に綿入れとおむつを持ってきてくれました。親ってありがたいと思いました。二十一日も過ぎ、リンゴをみやげに母は帰りました。もう大地には雪が積もっていました。

# 第二章　愛する人達の死

# 義父の死

義父の容体がおもわしくないことを聞きました。お正月も近かったので、年が明け、昭和三十年、義兄《あに》の家まで道もついたというので、一月十二日、義父に洋子を見せにひろ坊と雪の道を行きました。

吹雪になると一週間くらい道がつかないことはざらでした。義父は何も食べないと言いましたが、大好物の最中《もなか》を買って行きました。

義父は薄暗い部屋に寝ていました。白い髭は長く伸び、キリストのような顔をしていました。

「お父さん、洋子と付けたの」

何を言っても言葉にならず、義父もかすかに「可愛い」と言っているようでした。目だけがやさしく笑っていました。

「義父さんの好きな最中よ、食べる?」と言うと、「うん」とかすかに言いました。

一口食べて、「おいしい」と聞きとれないくらいの声で呟きました。もう、私は泣けて泣けて

——。

その夜、月の光の中を雪の道を帰りました。

墓地と火葬場の間の道を通りました。その時、墓地の中で青い玉が三つ揺れていました。私は「キャッ」。ひろ坊は「くされた物から出る燐だよ」と、平然としていました。だが私は恐かったのです。

次の一月十三日の朝、義父の死を聞きました。洋子を背負い、あの四キロの坂道を走るように駆けつけました。

泣けた、泣けた。くやしいやら、悲しいやら……。こんなに男の子を持ちながら病院にも入院させられないで冷たい部屋で死んでしまった義父。火葬場が近く、リヤカーにお棺を載せ、私も後押しをして行きました。淋しい葬式でした。

当時、北海道は冬になると仕事がありませんでした。職の決まっている人はいいけれど、その日暮らしの人達は本当に大変でした。多くの人がリンゴや米の行商に出ました。ひろ坊のように体の弱い人間は大儀でした。でも、ひろ坊は私にかくして黙って仕事に行くのです。私は健康でしたが乳飲児を抱え、冬の仕事は出来ませんでした。春を待つしかありませんでした。それでも義兄のリンゴ園の木の剪定の枝を集めに行きました。が、それはすぐのお金にはならないのです。

五月の末から水田が始まり、田植えに忙しい農繁期、猫の手も借りたいほどの忙しさなのです。私など海育ちで田植えなど学校時代、理科でやっただけなので、みんなの見まね、あるいは教えてもらい、一生懸命やったものです。何事にも熱中する私は、みんなに褒められました。仕事に行くと、昼食のほかに、おやつも出て、家に持って帰ったものです。ちょっとの間でしたがお金が入り、少し生活が楽になりました。

# ひさ坊の死

二十九年の台風で家を壊された人達への対策で、町のはずれに九家族が入れる長屋ができ、私達もそこに入れてもらい、あの屋根裏から、住まいらしい部屋に移りました。

下が十畳あって、台所がつき、二階は天井が低いのですが六畳、便所や井戸は共同で、外にありました。水は水ガメに汲み、トイレは外に行けないから居間にオマル（樽）を置き、夜中はそこで用をたすのです。でも、人間らしい住まいになりました。

ひろ坊は体の工合があまり良くなかったので仕事を休んでいました。自分の体の悪いのをくやしがり、悩み、お金もないのに映画に行ったり、お酒を飲んだりしてヤケ気味でした。酔って帰ってくると私にお尻をたたかれたりしました。

よく昔の友達や高校時代の子分みたいな若者が相談に来ていたっけ。自分は無一物に近いのに家の二階を貸したり、泊めたりしていました。そして七月、義父と一緒にいたひさ坊が、義父が亡くなったことから札幌の施設に入ったと聞きました。私達に生活力があれば一緒に住み、見てあげられたのに。施設に行ったことさえ、それまで知らなかったのです。

そのひさ坊が帰ってくるというのです。私は嬉しくて途中まで迎えに行きました。

あの日別れた時、あんなに太っていたあの子がこんなに痩せて、私はすがって泣いてしまいました。彼は結核で、施設ではもう一緒に暮らせない、そして入院させないといけないということでした。なぜ、もっと早く見てやれなかったのだろうか。何も出来ないなんて……。

二番目の開拓地の兄が面倒を見ていたようです。一緒に暮らそうと言うと、兄は、「もう駄目らしい。洋子ちゃんは小さいので、うつると大変なことになるから、病院にも来ないように」と言いました。

ひさ坊は隔離されたのです。「クニちゃんに逢いたい」と聞いても、私が行くことさえ許されなかったのです。

七月十七日。風もないのに居間の戸がガタガタ地震のようにゆれ、「変だなあ」と思っていたら、間もなくひろ坊が息を切らして、「今、ひさ坊が死んだよ」。そして「クニちゃん、クニちゃん」と呼ぶ声。私はハッとしました。今のはひさ坊の魂が……。すぐ行こうと言うと、「今、部屋を消毒しているから行かないように」とのこと。

葬式も遠くから見送りました。兄達に見守られ、ひさ坊は逝ったのです。可哀そうに僅か十一歳の儚い人生でした。

生活はますます苦しく質屋通いするのにも馴れて、そのうちお金に換える物もなくなりました。ひろ坊も体がだるそうでしたが、出稼ぎに行きました。どのような仕事をしていたかは、私は知らなかったのです。ただ、ひろ坊が持ってくる少しばかりの食べ物と石炭——多分、借りてきていたのでしょう——で、ほそぼそと暮らしました。私も洋子を背負い、天気の良い時は毎日仕事に行きました。

夏中はよかったのですが、冬近くになると仕事もなく、夏の間の蓄えもすぐなくなり、また生活困難になりました。

仕事を休む日が多くなったひろ坊——。

## 病身の夫

看病疲れで
あなたの布団のすそをまくらに
寝ている私に　そーと毛布をかけ
髪の毛をやさしくさわっていた
あなたの手

そうしているあなたの
心の中が私にはよくわかった
あか切れを見ては
痛かろう
つぎあてた服を見ては
なにも買ってあげられないと
涙ながらに
自分の病をくやしがっていたあなた

## 夫の急死

十月二十日。その日は朝から寒く、夕暮れにはみぞれになりました。もう一粒の米もありませんでした。開拓地の暗渠掘の仕事のお金を取りに行くと言うひろ坊。「寒いから明日にすれば……」と言う私に、「何も食べる物がないから、もらってくるね」と言って出かけて行きました。

ここから開拓地までは八キロ。自転車も質屋に入れてしまってもうありません。歩いて行くのでした。

「六時頃帰るよ」と言ったのに、すでに真っ暗になり、八時過ぎても帰りません。九時になっても帰らないのです。戸棚のすみに小麦粉が少しあったので、砂糖も入れずに焼いて洋子に食べさせました。私は水ばかりで過ごしました。燃やす物もなくなり、寒くなったので、普段着のまま二階で布団に入り、帰ってくるのを待ちました。

すき間だらけの長屋。他の家の暖い空気で二階は少しあたたまっていました。十一時過ぎにひろ坊は帰ってきました。少し酒くさかった。「どうしたの」と聞くと、「もらったお金を落とした」とのこと。町の入口の角の酒屋さんでカンテラを借り、開拓地まで引き返し、探しに行ったけれどなく、開拓地の主人が五百円くれたので、あまり寒いので、角の酒屋で一杯飲んできたというのです。

「落としたのは仕方がないが、その五百円でどうして洋子に牛乳でも買ってきてくれなかったの」

これが初めて夫に返した言葉でした。涙が出て……。

「もう寒いし、遅いから明日考えましょう」

夫の病気のために私達はその頃夫婦の関係も少なく、私と洋子は二階、ひろ坊は一階に寝ていました。布団も質に入れたまま出せず、ひろ坊は敷き布団と毛布だけなので、寒いため押入れに寝ていました。

二階で洋子を抱き、布団の中で声を抑え、泣くばかりの私でした。

「クニちゃん、クニちゃん、話があるから下りておいでよ」

とひろ坊が呼びましたが、私はだまって泣いていました。

カタカタと何か音がしていましたが、その物音も聞えなくなりました。眠ったようです。

二十一日の朝八時、トイレに起きた時、ひろ坊は押入れの中でイビキをかいて寝ていました。

私はまた二日酔と思い、食べ物もないし、もう少し暖くなってから起きようと再び布団にもぐりました。そして十時頃、周りが騒がしくなったので下に下り、押入れのひろ坊に、「ひろ坊！ひろ坊！」と声をかけ、起こしましたが、何の返事もないのです。ゆすっても、身動きしないのです。ひたいに手をやったら冷たいのです。

その時の私のおどろきは筆舌に尽くせません。高橋さんに来てもらい、二人で起こしましたが、もはや駄目と知りました。

走った、走った。どう走ったかわかりません。病院に一目散に走りました。お医者さんにわけを話して来てもらいました。私が家についた時は近所の人々が来ていて、ひろ坊は畳の上に寝かされていました。

医者と警察の人が見えました。私は涙も何も出ません。どうしていいかわからず、洋子だけが元気に走り回っていました。病名は「心臓マヒ」でした。ひろ坊二十一歳。洋子一歳十カ月、私二十歳でした。

## 母子家庭

今年はうんと沢庵も漬けようと干した大根
軒にずらりと並んでる
突然夫は次の朝
あの世の人となりました
二人で干した大根もしなびて今は子と共に一緒に漬けた樽二つ
外にちょんと並んでる

夫は沢庵が大好きで
私が薄く切りますと
面倒臭いよ
一本のままでカリカリ食べる
音もなく
子と二人
今は淋しい部屋の中

ご飯を食べる膳の上　茶わんも一つへりました
泣いても涙が出ません
泣いても　夫は帰りゃせぬ
洋子の育つ姿見て
亡き夫の姿を偲ぶ
やさしい夫であったのに
淋しい母子の夕ごはん

## みかん箱の仏壇

借金がどのくらいあったかも知らなかった私。私の兄弟からお香典が送られてきました。東京の姉からは五千円も送ってきました。その頃の五千円、私など手にしたこともない大金でした。母も一周忌が過ぎてから来てくれました。それまで海が時化で来られなかったとのこと。

みかん箱の仮の仏壇の上に小さくなったひろ坊の骨壺。母は、「宏さん、こんな小さな洋子と、クニを残してなぜ死んでしまったの」と泣くのでした。

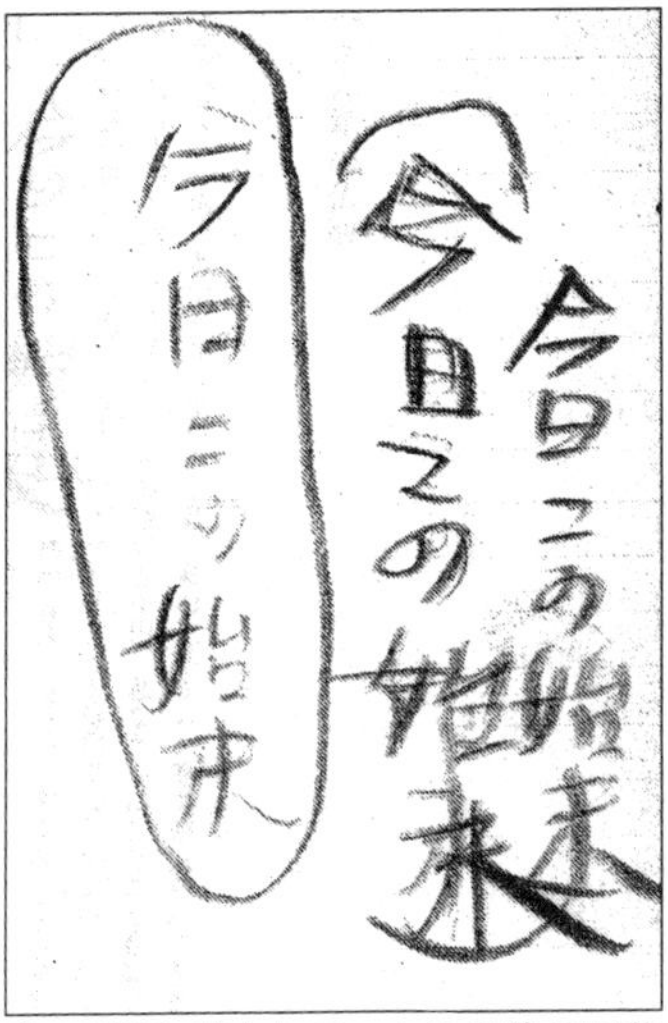
私の手帳に残されていたひろ坊の言葉

母と二人でその夜は遅くまで語りました。これからの私の生き方について——。私はここに来る前から、実家の事情はよく知っていました。だから母に、「洋子と二人でこの土地で頑張る」

と言い、母は涙ながらに帰って行きました。

次の日も次の日も何も手につかず、洋子を抱いて泣いて暮らしました。でもこんなことでは駄目になると、仕事を探しにあちこちの人に頼み歩きました。雪の中での仕事で、洋子は連れてゆけません。

鉄道に勤めていた隣の旦那さんが貨物車の屋根の雪おろしや線路での雪かきを世話してくれました。なんでもいい、お金になればと働きました。リンゴの選果にも行きました。洋子を外に立たせておけず、家から通うと時間がかかり、泊りがけでの仕事でした。私ははじめて人の家のメシを食べました。仕事は長くありませんでしたが、そこの家の人達は本当によくしてくれました。リンゴ園の義兄がたまに町に来た時、寄ってくれるのが何よりの私の楽しみでした。

## やさしい義兄

やさしい義兄《にい》さん
ふれるひげがなつかしい
また来るからと言った義兄さん
きっと来てくれるかしら……

やさしい義兄さん
煙草の匂いがなつかしい
また来てね……と私が言えば
耳にこっそりと
きっと来るよと　行っちゃった

ひろ坊のようななつかしい
香を残して帰った義兄さん
また来るかしら……

私の胸はなつかしさでいっぱい
今日来てくれるかしら……
あれから二週間もたっている
来られないと知りながら
義兄さんの来るのを待つ
今晩来られなかったら
明日の晩来てね
　きっとよ、きっとよ

冬中は他の仕事もなく、リンゴの木の剪定をしている義兄の家にも仕事に行きました。リンゴ園の帰り、墓地の中を通りました。それが帰りの近道でした。

墓地の中の木々の枯れ枝が雪の上に落ちており、それを一抱えの束にして背中につけ、その上に眠くなった洋子を乗せて帰りました。枯れ枝は石炭に火をつける前に燃やす焚木のかわりにするのです。薪は町で売っていますが、お金がないので——。

墓地の坂の上の道でいつも一休み。

真白い雪の中を汽車が煙をもくもくあげて走ってゆきます。ポーッ、ポーッと、汽笛を鳴らし、くねくね曲った石狩川にそって力強く走ってゆきます。私はそれを見るのがとても好きでした。

しんしんと姿見えねど今日もまた
雪降る空にとびの笛きこゆ

## はたちの若後家

なにもかも気がくしゃくしゃして楽しくありませんでした。子供を叱ってばかりいる私でした。

誰かの愛がほしく、怒りながら、自分も泣いていました。再婚のことを考えると、相手はたくさんいました。でも、愛することのできる相手がほしい。叱っても自分の子ならそれですみますが、他人の子ならそれは許されないのです。舅の目、姑の目、みな冷たい目があるであろう――。そんなことを考えると、結婚するよりは、やっぱり一人の方がいいと思ってもみます。けど、でも……、でも私に合う人いないかしら……と迷う私。

はたちの未亡人か――。

淋しさにペンを取りて記すわれの
　心も冬の枯れ枝のごとし

# 嫌

なにもかも　嫌
家にいても　つまらない
仕事をしてもつまらない
このつまらない心は
どこから来るのかしら……
知っている
孤独という　淋しさ……
愛……
匂いもなく　花片もない
この身を私は
自分自身で　嫌になるのだろう

## 再婚のすすめ

そう　あなたもいい人　みんないい人
それは夫婦じゃなく他人が見る眼
結婚すればどうなるかってことは目の前に見える
あの人ならば……この人ならば、
よい所ばかり言う
職が定まらぬとも幸福だろうか
言われなくとも知っている
ずい分の苦しい経験だから……
どうしよう　どうしよう
わからない　わからない　わからない

ひろ坊が死んで間もなく、洋子を手放す話が出ました。大きな家に住み、農業も大きくやっている裕福な夫婦でした。けれど私は洋子のことを考え、苦しくとも一緒に生活すると決意し、断りました。その後も二度三度そんな話がありました。私達の生活は全然楽になりませんでしたが、それでも麦の多い飯に納豆一つだけは食べられ、飢えをしのぐことができました。昭和三十二年のお正月も淋しいものでした。

## 生活苦に耐えて

日雇いは一日だって休めません。冬中だけでも生活保護をもらいたくて、何度町内の民生委員の家にお願いに行ったか。空知管内の本庁から何カ月かに一度、本庁の福祉の人が来ることを知りました。私も年寄りや工合の悪い人の中にまじって行ってみました。滞在中、毎日のように足を運びましたが駄目でした。なぜ駄目だったのか、いまだにわかりません。

## 絶望

昨日も雪　今日も雪
もう食べる物も火をたく物もない
あまりの寒さに畳の下の板をはぎ
火をたいてみる　火はすぐなくなった
洋子は無心に寝息をたてている
もう何日も私は食べ物を口にしてない
〝死のう〟
洋子だけはこのまま寝かしておこう
何も考えず　雪の中に出る
胸までの雪をふみこえ
林の中まで行く
線路が見えてきた
ここからとびこんで死のう
D51の機関車が大きいライトを輝やかせ

ばけ物のように私に向かってくる
とびこもうと思った瞬間
洋子の泣き声が聞こえた
ハッとわれにかえった時
機関車は私の前を
すごい音をたてて走った
雪の中に顔をうずめ泣いた
涙のかれるほどに……

## ふるさとよ

どっちをみても嫌
自分も嫌
ああ　あの海の香のする故郷へ帰りたい
なやみがあっても
あの広い海が私をなぐさめてくれる
沖の方を見て岩の上より
海の大気を吸う胸いっぱいに
高い岩より大きい声で叫ぶ
波の音に負けずに叫ぶ
同じ苦しむなら　あのなつかしい想い出のある故郷へ
意地の悪い人　苦しみがあっても
あの海の彼方へ向かって
大声で唄い叫べば
心はすーっとするだろう

## 運　命

好きなひとは遠く離れて逝きました。だから私は、私の父母に対し、兄姉に対し、再婚しなければならないのでしょうか。

父母、兄姉の反対を押し切って、愛するひろ坊と結婚した私でした。

運命はわからないものです。誰しも自分の運命がわかるなら苦労もないし楽しみもないでしょう。ひろ坊と結婚しなかったら幸福に……とみんなは言います。しかし、私が選んだ道なのです。

# ひとりで逝った夫

遠い　遠い
この地球より　まだ遠い
再び帰らぬ　私の胸に
あのひとは天国に逝った
私の胸より腕より離れ
一人ポッチで遠い所へ逝った夫
もう　あのひとの厚い胸にも　たくましい腕にも
抱かれることは出来ない
あの太く濃い眉の下から
ぬれた瞳で　じっと見つめてくれた目も
女のようにやわらかい口唇も
二度と私に
接吻してくれない

# けなげな洋子

春の農繁期から秋の収穫期、自分の体がこわれるほど働きました。私は仲間より早く起き、洋子を背負ったり歩かせたりして、朝日の昇るのと一緒に家を出て、日が沈んでから家に帰りました。

畠では、洋子がいないと思うと、草の中に遊び疲れて寝ていたし、口のまわりの甘い香に蟻や虫がたかっているのでした。

しかし、時には、体のだるさ、疲れから、洋子の少しのしぐさにも腹をたて、グローブのような手でたたき、ご飯もやらず、泣くとうるさいので、さるぐつわをして、手足をしばり、押入れにほおりこんでおく鬼のような気持ちになってしまった私。

洋子はすごく我慢強い子で、私になんの口応えもせずにいました。あれも嫌、これがほしいとは一言も言わないのに、私は苛立つのでした。そうしながらも働きつづけました。でも普段は、子供に私の生活をよく理解してもらうように、明るく一人の女の子として話を聞いてもらいました。子供に言ったって何もしてくれないのに、しゃべると少しは心がやわらぐと思う私でした。

## 洋子へ

泣かないで！
お母さんは　どこへもゆかない
いつも洋子のすぐそばにいるのよ
そして
どこへもついてゆくのよ
だから　洋子が楽しいときは
お母さんも　そばで笑っているのよ
もし　洋子が悲しい目にあったら
お母さんも　そばで泣いているのよ

わたしの身近かにいる他人は皆、私を心配してくれました。でも私はちっとも嬉しくないのです。なぜ？　それはうわべだけの言葉にすぎないように思えたから――。誰もが言うきまり文句なのです。兄姉でも父母でも本当に心から心配してはくれないのだ、もしここに一人でも心から心配してくれる人がいたらと思いました。

貧乏になると、皆遠くへ去ってしまいます。近所に誰もいず、この知らない土地で子供と二人で、自分の力で働いてゆく私でした。身も心も疲れ切った私の体を力づけてくれる人もないのです。

ただ……ただ……ああ考えただけでも心が重くなりました。自然を相手の仕事、あまり深く考えるなと他人は言います。でも、若いから苦労が多いのです。

いっときの私はこのように思いつめるのでした。

# 縁談

五十過ぎの男性に、私は結婚を再三申し込まれました。いくら、私が二度目のこととて、まだ二十二歳の私にとっては嬉しくなく、かえって悲しくなりました。誰にでも愛してもらうという心が私にあれば幸せのことと思います。洋子がいないのなら誰かれとなく私の思う人がいるはずですが、せっかく生まれてきた子供にとって、私がいなかったらこれ以上の不幸はないと思うのです。

自分のことばかり考え、自分の幸せをのみ願う私なら、他人に言われなくとも小さい時から洋子を手放すでしょう。でも、洋子はやっぱり私の命そのものでした。

子供を抱えていたって、いい人なら、きっと洋子をも好きになってくれるはずです。でも不安もたくさんあり、私は縁談にも心が迷うのでした。

## 夫よ蘇れ

大地よ　もう一度
あのひとを蘇らせて
そして　私にもどして……
あんなに素晴らしい人だったのに
なぜ　青春の雪の日に
あの人　ひとりを
地に吸いこんでしまったのだ
どんなものにも負けない大地よ
その力があるのならば
もう一度
青春のわずかな日をおくった
あの人をかえして――

# 洋子病む

農繁期。北海道の田植えはとても冷たい。天気の良い日はいいけれど、曇の日などは手がかじかむのです。私は洋子をあぜ道に遊ばせ、田植えをしていました。私は知らなかったのですが、洋子があぜ道から足をすべらせ小川に落ち、発見が遅かったら死んでしまうところだったということもありました。

田植えが終わるとリンゴの袋かけや消毒。ハシカがよく治らないのに洋子を連れてリンゴ園に行きました。あまり休むとお金が入らないから——。道具を入れた小屋に洋子を寝かせ、リンゴの消毒をしていましたが、何か胸さわぎをおぼえ、小屋の方が心配でならず、見に行くと、息もつけないくらいびっくりしました。洋子が土間に落ちていて、動いていませんでした。木陰に連れてゆき、衣類の胸を開け、ホッペをピシャピシャ、私はけんめいに洋子の名を呼びながら叩きました。すると、しばらくして、ようやく気がついたのです。リンゴ園のご主人も心配してとんで来てくれました。リヤカーにムシロを敷き、その上に洋子を寝かせ、野良着のまま、私は夢中で町の病院まで走りました。急性肺炎とのことでした。

私の体はだるく、夜眠られず、まるで神経衰弱のようでした。頭が重く、足はだるく、しびれていました。なにもかも疲れ、いいところなしです。

あなたはまだ若い、若いと近所の人は言ってくれますが、私の心も頭も体も六十の婆さんに劣るほど疲れているのでした。元気に見せているのは、私の気性と子供のため生きるというその言葉一つだけ。頑張らねば、とっくに体が弱り、寝こんでしまうでしょう。

「ナニクソ！」

この町内の人や福祉関係の人達も私の味方をしてくれませんでした。こんな小さい子供を抱え、体が疲れ苦しんでいるのに――。

生活扶助のことも頼みに行ったのに、ちっとも力になってくれないのです。私の今の生活の苦しみの心は誰も知らないし、わかってもくれないのでした。夫が生きていてくれたら、いくら体が弱くともそばにいてくれたら……。

国でも町役場でも、もっと親切にしてほしい、はたちを越えたばかりの未亡人が、食べ物もなく、生活に苦しんでいるのに、もっと耳を傾けてもらいたいと思いました。私は何度死のうと思ったことでしょうか。

## 望みは捨てずに

他人は私を美しいと言う
他人はそう言うけれど
私は決して　美しくはない
あの輝いていた眼も光が消え
鋭い目になった
口唇も　歯も……
あの白いそろった歯も
みんなの視線の的になった何ものも
みんな張りが弱り　みにくくなってきた
毎日鏡を見るのが恐ろしいくらいに
町を通る人　ふり返って見る人ばかり
背が高く　そして病人のような白い痩せた顔
みんなふり返って見るのは当たり前
みにくくなっても希望は捨てまい

この冷たく、せちがらい世の中にあって、心あたたまる情をかけてくれる人々に私は心から感謝の言葉をのべます。

「ありがとう」

この集落でもみんなと言っていいほど、私を注視しているようです。何も悪いことなどしていないのに――。とくに役場のSさんの奥さんはそうでした。いつも冷たい目、冷たい態度で私を馬鹿にするような人でした。本当に意地が悪いと思いました。とくにこの頃はなおさらにそう思えるのでした。

生活も少し楽になり、東京の姉が私と洋子にお揃いでワンピースやスカートを送ってくれました。私も洋子も少しは綺麗になったようです。それをねたみ、「亭主が死んで喜んでいる」と言ったり、家にどなりこんでくる男さえいました。

## 親切な高橋さん夫婦

この長屋や町内に高橋さん夫婦がいなかったら、私はどうしていたでしょう。高橋さん夫婦は何事もいやがらず相談にのってくれ、注意してくれ、力になってくれるのでした。私は心から高橋さん夫婦に感謝の言葉をのべないではいられませんでした。奥さんばかりよくても旦那さんの悪い人もいます。やさしいご夫婦が揃って力になってくれて私は幸せ者でした。

## 帰らない人

生あるものには
必らず死がくるという
心やさしき人も罪深き人も
美しくけがれなき花たちも
一度は散る
私は思う
一度咲いたその花は
やはり死んでしまうが
一年くれば
また　同じ花が咲く
だが　人間は違う
何年経っても　待っていても
同じ人は帰らない

# 師走

あれから四年と八カ月
五年目の冬を迎える今日
冬を前に　雪を目の前に
私は何をしようとするんだろう
毎日味けない暮らし
これでも人間かと思うぐらいに　殺風景な暮らし
なにかが私を責める
子供は日に日に成長し
嬉しいやら……悲しいやら……苦しいやら……
お正月もあと一カ月
なにもないけど
故郷の母でも来ないかなあ
洋子と二人では
あまりにも淋しい正月だから……

# 帰郷

なつかしさと不安の入り混じった気持ちで、私は今、故郷に向かう。みんな喜んで迎えに来てくれるだろうか？　私の不幸をあざ笑っているかもしれないのです。なにか言われそうだ、おこられそうだ、不安の心をも抱きつつ故郷に近づく私でした。

あのなつかしい山も海も目の前に見えてきました。もうすぐ故郷の土を踏むのだ。お兄さん、お義姉《ねえ》さん、お母さんも友達も、みんな迎えに来ていました。船を下り、迎えの人々を見て、涙が出てくるのでした。あんなに苦しみ、世話にはならず、生きてきましたが、嬉しかった。父は留守番らしい。

みんな集まり、話にふけりました。楽しい。みんな良くしてくれ、来てよかったと心から思いました。

私たち母娘は十日間滞在し、名残を惜しみつつ故郷を後にしました。私は故郷を離れたくありませんでした。さようならする人も涙でかすみ、見えなくなりました。さようなら、さようなら。また逢えると思っても涙が止まらないのです。

家に待つ夫もなく、洋子と二人、悲しく故郷を後にしました。「また、きっと来るわよ」と、山・海・河に別れを告げながら……。

## 離郷

島も友も波間にうずむ
さようなら　さようなら
背のびして手をふるお母さん
今度来る時は
きっと　きっと幸せに
なってきますよ　お母さん
船も島影も　見えぬ故郷
さようなら　さようなら
デッキで手をふる私を
沖の鴎が見ているよ
きっと　きっとまた来ると
潮風　頬をなでてゆく

あれから四年　もう三月

さようなら　さようなら
あの日も悲しいお別れよ
帰るねぐらに待つ人いなく
涙で別れる故郷を
吾子を抱いて
じっとみつめて　さようなら

# 第三章　悲しみを乗り越えて

# 東京へ

ひろ坊が死んでから三年五カ月。洋子も五歳。その頃、二番目と三番目の義兄、義弟が東京へ行っていました。私の生活を義姉に言ってくれたのでしょうか、朝日新聞社に勤めている義姉から手紙がきました。「何かやる決心ついたら、いつでも出ていらっしゃい。洋子ちゃんの将来もあることだろうから……」と――。私もこんな生活をくり返していたら自分も子供も駄目になってしまう、雪の降らない所へ行ったら、何とか生活出来るだろうと決心し、三月十四日夜、私達母子は江部乙町を後にしました。

雪の深い北海道。長靴を履いて汽車に乗りました。高橋さん夫婦とその妹さんの三人が見送ってくれました。見えなくなるまで手をふってくれました。

## さらば北海道

連絡船のドラの音が哀しく鳴る
函館の町の灯が小さく波間に消えた
ふたたび帰れないと思うと
涙が頬をつたわり冷たくなった
どんなことがあっても
この子と二人で頑張らねばと思っても
知らない土地に行くのは　不安でいっぱいだった
ただ
雪の降らない東京へ行ったら
何か仕事はあるだろう……と
五つの子の手を引き
雪の降る北海道を後にした
三月
東京はもう春だった

## 職探し

昭和三十四年三月十五日、私二十四歳、娘洋子五歳、青函連絡船はざこ寝で、いろいろな人々が乗っていました。

私は船中にいるのが惜しく、甲板に出て、船の舳先より流れるように後にゆく波の流れをじっとみつめました。ここから海にとび込んだらどうなるかな、死ぬかな、いや私は泳げるから駄目などと考えたりして、何時間乗っていたのでしょう。青森に着き、「東京へ行く汽車ありますか」と改札係に聞くと、「ああ、あの汽車が行くけど」と教えてくれました。急いで切符を買い、その列車に乗りました。きたない汽車でした。後でわかったことですが鈍行列車でした。

夜汽車。

東京の大学に行っている息子さんが卒業で、迎えに行くという品のいい奥さんがいました。洋子にみかんとお菓子をくれました。

汽車の中ではじめは親切にしてくれた男性が私に変なことをするようになり、私はその奥さんの所に逃げ、わけを話しました。男はその車輌から去ってゆきました。恐かった。

私が着くのがあまりにも遅いということで義兄がかなり手前の駅（たぶん大宮駅）まで迎えに来ていました。私はホッとしました。上野駅に着くと、一度だけ北海道で会ったことのある、朝日新聞社に勤めていた義姉が来ていました。東伏見駅の近くの都営住宅に住む、その家に世話になることにしました。

義姉の家に着いて間もなく、義兄が私と洋子を江東区にいる実姉の所へ連れて行ってくれました。何回か電車とバスを乗り継ぎ、とても遠くに思えました。姉の家に着くと、義兄も姉も外でドブ板を直しているところでした。姉は私を見て、「あなたがクニちゃん？　あんなに小さかったのにずいぶん大きくなったのね」と驚いていました。姉夫婦は母方のいとこ同士です。私と姉は、十七歳違いの長女と末っ子ですので、姉が結婚したのさえ知りませんでした。

私は中学一年の二学期までは、とても小さく、目ばかり大きかったから、横浜の五つ違いの姉などは、私のことをデメキンと呼んでいました。だから姉が驚くのも無理はないわけです。その時私は今一メートル六十四センチもあったのです。

それから私は、時々休みの日など洋子と遊びに行くようになりました。初めて姉の家に行く時、降りる停留所を忘れ、終点まで行ってしまいました。姉の家に着いた時は真っ暗で、義兄と姉が心配していました。義兄は洋子に洋服や靴を買ってくれました。二つ違いの兄も洋子を動物園や遊園地に連れて行ってくれました。

　横浜の義兄と姉は私と洋子を東京見物に連れて行ってくれました。姉は、長女がお腹にいた頃で、大きいお腹をして連れて行ってくれました。初めて見る大都会東京、ただ目を見張るばかりの私と洋子でした。

　姉と姉妹のように付き合っている幸山さんの奥さん、一人娘の京子ちゃん、よく遊んでいただきました。奥さんは洋子をとても可愛がってくれました。遠足には一緒について行ってくれました。本当に助かりました。みんな、みんな、ありがとう。

　その後、東京の生活に馴れるようにと、成城にある大きな家に、家事見習いとして二週間くらい行きました。そして帰って来てから、義姉が母子二人で暮らした方がいいだろうと、近くに部屋を借りてくれ、仕事も近くに見つけてくれました。

　右も左もわからない私。ただ、人に迷惑かけないようにやるだけです。やさしい義姉でした。私は編物が少しできるので、本格的に習うことにしましたが、これも途中でやめました。洋子が夜、編物教室に来たらしく、義姉が洋子がいなくなり、あわてて探しに来たのでした。途中、早稲田の寄宿舎があり、そこの学生に、「編物やってる所どこ?」と聞いたらしいのです。そんなことで私は近くのそのミシン掛けの仕事をやめ、杉並の成宗にある自動車会社に事務雑用として勤めました。

なにもわからない私は、人より早く出勤し、掃除とお茶沸かし。社長はじめ、みんな家族的でした。楽しい日々でした。しかし、東京に馴れるのと生活で精一杯でした。

義姉の近くにいては迷惑をかけるばかりと思い、練馬区関町に部屋を借りました。洋子を荻窪駅に近いお寺の保育園にあずけ、その足で会社に通いました。

引越しといっても何もないのです。北海道から持ってきた衣類は東京では着られる物もなく、義姉が私達に服や下着を買ってくれたり、友達からもらってくれたりしました。そして引越しの時、義姉は「古いけれど……」と言って、桐のタンスを一つくれました。本当に迷惑のかけっぱなし。何一つ文句も言わず、だまってなにくれと面倒を見てくれました。今だに恩返しもできずにいます。私は自分でやれるだけやってみようと思いました。

そこは二階建で、その二階の六畳一間。台所と便所は共同。それでも一つ屋根の下で洋子と暮らせることは幸せでした。八千円の給料で、四千円の家賃と保育園に千円、食費と光熱費が三千円でした。ちょっと苦しかった。

リンゴ箱の戸棚に、その上にみかん箱のひろ坊の仏壇。何も入っていない桐のタンス。それだけの部屋でしたが、決まって入る給料がありましたので、洋子と二人、借金もなく家賃もきちんと決められた日に払うことができました。

階下の古本屋さんの奥さんは戦争未亡人で、洋子を可愛がってくれました。ある暑い夏の日、洋子が熱を出し、保育園を休ませせました。少し熱も下がったので、私は会社へ出ることにし、洋子をひとり寝かせて出勤しました。

向かいのご夫婦は、昔は良家だったらしいのですが、現在は暮らしも苦しいらしく、家賃も払っていない様子でした。しかし気位が高く、生活水準を下げることができなかったようです。そのため大家さんは、二階のみんなが出かけると水を止めていたらしく、洋子が水を飲みたくて起きても水が出なく、そして淋しさもあったのでしょう、関町から成宗まで、バスで二十分以上もかかる、あの青梅街道を太陽のカンカン照らす道を歩いて、私の会社に来たのです。顔中真っ赤にし、汗を流し、頭から湯気が立っていました。

私はびっくりというより、洋子があわれに思え、「洋子!」と抱きつき、泣きました。社長さんも他の事務員の方も涙が出ていました。こんな病気の子が遠い所まで来たことに、みんな、ただ、驚くばかり。

社長さんは、「すぐ帰りなさい」と言ってくれました。家に帰ってから洋子にわけを聞くと、「水を飲みたくても水が出なく、お母さんの所に行きたくって……。途中、青果市場のおじさんがスイカを食べさせてくれた」とのこと。そのおじさん方、ありがとう。

洋子は保育園、私は会社。午後六時までの会社の勤めを終えて迎えに行く頃は、もう真っ暗で、洋子がいつも一人だけ残っているのでした。先生方も帰られて、お寺の住職さんがいつも見てくれていました。

やがて、ある人が私にゴルフ場の住込み留守番をしてほしいと言ってきました。今の給料の倍ももらえるし、家賃や光熱費はただというのです。私は会社をやめてそこへ行くことに決めました。そして迎えに来る日を決めてもらい、待つことにしました。しかし、いつになっても来ないのです。

名刺をもらっていましたので、その会社に電話したところ、「そんな人はいません」ということでした。私はだまされたのです。お世話してくれるといった人もいなくなり、途方にくれました。

名刺には、西武産業（株）代表取締役社長　中原康雄。本社・新宿区大久保とあります。その名刺は今も持っています。悔しいやら困るやら……。

少しばかりの預金のあるうちに仕事を探さねばと、毎日、洋子の手を引き、職探し。なるべく保育園や住居の近くを探しました。「子供がいては……」となかなか仕事は見つかりませんでした。毎日使う交通費も馬鹿にならず、二週間探しましたが職もなく、お金もなくなり、どうしようもなく、ついに江東区にいる義兄にわけを記した手紙を出しました。義兄は、「そんな所にいないで、すぐ来なさい」と私と洋子を引き取ってくれました。

洋子六歳、私二十五歳。勤めは江戸川の鉄工会社の事務でした。男ばかりの会社といってもよく、女性は四人くらいいましたが、社長さんはじめ、みんなやさしく面白い人ばかりでした。

洋子は近くの保育園へ。

私が帰るまで外で遊んでいた洋子が、ある日、お菓子をもらったと言いました。お菓子をくれたのはいつも姉の家の近くにいる乞食のおじさんでした。姉は笑いながら、「いつも一人で遊んでいたので可哀そうに思ってくれたのでは……」と私に教えてくれました。

そして、洋子は小学校へ入学しました。洋子は受け持ちの男の先生を、お父さんってこんな人かと思ったと言っていました。いろいろの事情があり、深川に都の母子寮のあることを知り、そこに入居することになりました。

洋子は二学期も終ろうとしていましたので、そこからバスで通学することにしました。姉がよくおやつを持たせてくれました。

ある日、朝、バスを下りて道路を横切る時、洋子はわきから来た車にはねられるという、事故に遭いました。会社に電話があり、びっくり。姉の家の近くの病院に——。顔と鼻頭をぶつけましたが割合軽くて安心しました。入院しなくともいいとのこと。また、姉の家に世話になることにしました。

ぶっつけた会社の人事の人が、私と姉を間違え、姉を洋子の母親と思っていました。示談で話をつけることになり、錦糸町の喫茶店で僅かのお金をもらいました。

洋子は三学期から寮の近くの小学校に転校しました。

母子寮に入ってびっくり。ゴキブリとカビ。建物全体が傾き、歩くとギシギシと音がするのです。二階建で、台所と便所は共同です。廊下は当番制で、毎日掃除。庭や洗濯場は一週間に一回、みんなで掃除。天井は黒くすすけ、壁は灰色、窓はきちんと閉まらず、規則は厳しいものでした。

夏中はよかったのですが、冬は寒く、といって暖房はなく、火は子供だけでは使えず、親が帰ってくるまで待たなければならないのです。部屋に炭火を熾こしてそれにあたっていたところ、一酸化炭素中毒になりかけ、私は起きあがれずに洋子に窓を開けたり、冷やしたりしてもらって助けてもらいました。

将来性がないということでその会社をやめ、国立がんセンターの給食係として勤めることにしました。センターもできたばかりで人が少なく、大変でした。私の仲間は、Tさん、Kさん。みんなお姉さんみたいでした。他の人達も大人だなあと感じました。

はじめは早く帰れてよかったのですが、一週間も経たないうちに早出遅残業で、朝は築地へ行く魚河岸のおじさんやあんちゃんたちと一緒の一番電車。帰りは十時過ぎ。だから、出かける時も、帰宅も洋子の寝ている時ばかりでした。お膳の上に食事を用意しておき、夜帰ってくると洋子は疲れて寝ているのです。ご飯も食べられずに――。

洋子は一年のうち、いろいろな事故に遭いました。遠足の前の日、お風呂に行くのに暗くて寮の前のマンホールに足をひっかけ、洗面器を持ったままころび、右手首を折ってしまいました。遠足の日の朝、私は早く出かけ、洋子はそのまま遠足に行ったようです。私が夜遅く帰ると、洋子の腕は丸太のように腫れていました。病院に行くには遅く、ムギ粉と酢で湿布し、「明日の朝まで我慢して！」と元気づけました。

「寮長先生にどうして言わなかったの？」と洋子に言うと、「言ったらお母さんが帰るまで待っててね、と言われた」と言うのです。いくら我慢強い子でもあの時ばかりは私の方で汗が出ました。

次の朝、近くの病院は休みでした。日曜日。救急車を呼ぶことも知らず、姉の家に行きました。日曜日でも姉の旦那の会社の病院がやっていることを知っていたからです。

朝早く洋子を連れて行くと、姉がびっくりして、すぐ病院に連れて行ってくれました。レントゲンを撮ると、手首の骨がギザギザに折れていました。先生が、

「よく我慢できたね。うまくはまるかどうか時間が経っているからわからないがやってみます」

と言いました。

私は心の中で祈りました。治るまでしばらくかかりました。また姉の家の世話になることにしました。そして三十八年七月、今度は私が入院しました。私の我慢強いのにも程度があると、

手術をしてくれたI医師に叱られました。三十分遅いと命取りだったそうです。病院の中で倒れたので命びろいとのことでした。

洋子と姉には朝に会いました。I先生、N先生、ありがとう。姉は太った体に汗をかきながら毎日見舞に来てくれました。二週間で退院。姉の家に世話になりました。何度お世話になれば終わるのでしょう。体力があったせいか回復も早く、すぐ仕事につくことができました。

センターに勤めてからは残業が多く、本給よりも残業代の方が多いくらいでした。余りものをもらって帰る時もあり、生活は少し楽になりましたが、洋子と会う機会が少なく、これでは洋子が可哀そうだと思っていました。そういう私の事情を栄養士さんが知り、世田谷の学校給食の仕事を世話してくれました。

## 初めての銀座

東京へ出てきて初めて見る銀座
銀座四丁目の地下鉄の入り口で
いつも子犬と座っていた老人
周りがあんなに華やかなのに……
こんなところに座って……可哀相
ああいう人達を見るたびに可哀相と思った
子供と一緒に行った時もそこに座っていた
子供は自分の家の貧しさも知らず
「お母さん　可哀相だから……」と言って
いちばん小さいお金をあげた
それも　そんな人たちを見るたびに……
そのことを姉に話した
姉は
「そんなことしていたら、いくらお金があっても足りないわ」

笑いながら言った
でも　やっぱり傷痍軍人を見たり
乞食を見たりするとあげた
そのうち　そんなことも忘れ
いや　忘れないが
周りになじんであげなくなった
勤めは何回も変わり銀座へも行かなくなった
あれから何年経っただろう
久しぶりに銀座へ出た
もう　あの子犬も老人もそこにはいなかった
そして　あの人達の住んでいた小屋もつぶされてなかった
あの子犬も老人もどこへ行ったんだろう

## 学校給食係に

私は昭和三十九年十月一日付で世田谷区の小学校勤務となりました。忙しかった国立がんセンター。私を他へ世話してくれた栄養士さんは、さぞみんなにうらまれたことでしょう。でも私は大助かり。夏休みも洋子と一緒。M先生、本当にありがとう。

江東区の深川から世田谷区の小学校まで片道二時間以上かかるので、寮長が一生懸命家を探してくれて、世田谷の豪徳寺にある私立の母子寮を紹介してくれました。

十一月、引越しでした。寮の規則は前の母子寮と同じですが、電気コタツや、共同でも洗濯機があり、テレビを持っている人もいました。洋子は五年生、赤堤小学校に転校しました。担任は男のT先生でした。みんな仲良くやりました。

寮の庭に桜や柳や樫の木があり、枝が繁ってだらしなく、私は休みになると木にのぼり、よく剪定したものです。といえば聞えはいいのですが、実は切るだけなのです。何人かの人が出てきて、枝を片づけてくれましたが、知らんふりする人も何人かいました。

手伝ってくれた人は協力しない人のことを良く言いませんでしたが、私はおかまいなしです。好きでやっていることだから――。

勤務が学校に変わって、少しは自分の時間もできるようになり、また好きなペンを取ってみる私でした。

公務員。初任給は少なく、子供が大きいから生活はやっぱり大変でした。給料日前は一銭もなく、たまに仲間の人からお金を借りたものです。

寮には十三、四世帯が入っていました。

# 母子寮

一日中電気をつけてる私の部屋
サンサンと輝やく真夏の太陽でさえも
周りに繁る木々の梢にさえぎられ
この部屋にとどかない
ただ　見えるのは
いつも見なれた古ボケた家具
聞きなれた　女の人声

真冬の太陽でさえ
あんなに光をなげかけてくれるのに
太陽の光さえ当たらない
この部屋
だが　私は
もやしにはならない

# 夫の命日

秋
秋
秋になると私は
いろいろのことを想い出します
あなたを知った秋
結婚した　秋
子供が生まれた秋
そして
あなたの命が散った秋
何年経ても
忘れることはないでしょう

## この一冊の本

あの時　あの人が別れる時くれた本
「永久に友達であることを願う」と
自分のサインと一緒に
フランス語で書いてくれた本
あれから六年
一度も逢っていない
逢わなかったほうがよかったかもしれない
だが
この本のあるかぎり
あの人のことを忘れることは
できないであろう
今　あの家の近くにいる
この電車に乗るとすぐ……
一度逢ってみようかな……

あのひと
どんな顔するかな……
もう
結婚してるかしら……

# あなたの亡くなった日に

また　夜が来た
秋の夜
十月の二十一日
虫の音も寒そうに聞こゆる秋
秋
秋
この月を思うと
つらく悲しい
なぜなら
この世での中で
一番愛する
あなたの亡くなった
夜だから……

# きじのような私

小さい時から　自分のことは自分でやってきた私
小学校から中学卒業するまで
弱きを助け　強気をくじき　男の子のような私
年頃になり　姿も美しくなり
大人の男の人に好かれた私
何事も自分から進んでやった私
はたちで夫を亡くした私
無学の私でしたが　誰にも負けなかった
一つの気持ちをしっかり持ち
子供を育てた私
もう　八年の月日が流れゆく
北海道をはじめて離れ
少しのお金と五歳の子供を抱え
裸一貫で上京した私

上京してから　もう　六年にもなる
一年　一年　生活もよくなってゆく
頑張った　ただ　頑張った
これからも　子供と共に進もう
小さい時から
自分のことは　自分でしたように
そして
カッコウになりたくないし
また　赤モズにもなりたくない

みんなと遊ぶクリスマス。ささやかな贈物の交換。勉強会があって、東大、早大、お茶の水女子大の学生さん方が集まり、勉強を教えてくれたり、ハイキングや旅行、いろいろな所へ連れて行ってくれました。子供達もそれを楽しみにしています。母親達も歌ったり楽しかった。四十年のお正月、寮へ来て初めて迎える新年。餅は寮よりもらい、お正月はお餅を腹いっぱい食べられました。

# 逝ってしまったひと

呼びとめる　私の手をふり切って
あの美しい鳥と一緒に
消えていったひと
あの鳥のどこに
そんな力があったのか
遠い水平線の彼方へ
とび立っていったひと
残されたわたしは
砂の中に顔をうずめ
泣いてしまった

# わが子〝洋子〟

東京へ来てから　もう六年
あの　小さかった
田舎育ちの洋子と私
私と一緒に苦しみをのり越え
もう五年生
健康で　思いやりがあって
そして　ちょっぴり　のん気屋さん
ふとんよりはみ出しそうな
体をして寝る
時々　大きい足を脇から
出したり引っこめたり
髪を気にして自分で切ったり
クリームつけたり
少しオッパイもふくらんできた

だが　私の前では　まるいお尻をまる出しにして下着をかえる
何を夢みてるのか　口をもぐもぐさせてる
健康で　良い子にな｜れ

# 梅雨に弱い道産子

私を愛してくれる人は何人かいますが、みんな肉体をほしがっているように思えるのです。なぜ、清らかな交際ができないのでしょう。その人自身のことは愛せるのですが、男という者を愛せないような気もします。ひろ坊の時のように、清らかな楽しい愛を、もう一度経験してみたい。少しの間でしたが、忘れられないのです。

夏休みを間近にとうとう倒れてしまいました。誰のせいでもありません。私がおろか者だったからです。今まで一度も休まず、遅刻もせず通いました。みんなに悪いと、疲れているのに――。

口では病気だから仕方ないと言ってくれますが、いない時、何を言っているかわからない人達なのです。なぜ、そうひねくれるかって。……だって、休む人が出るたび、いつもその人達の悪口を言うんだもの。その人の普段の心構えもあるけれど、でも自分の体ほど大事なものはないから、なんと言われてもへっちゃらさ……と言いながら、無理をする私なのです。

東京の梅雨には弱い。今まで東京で何回か入梅を経験していますが、火を使う所ではありませんでしたのであまり身にこたえませんでした。調理室に入って初めての入梅。陽の暑さと、火の熱さのため、汗かきの私は夏負け気味で、何も口に入らず、体調がうまく整えられず、休んでしまったのです。

## せまい部屋

わたしは　おりの中の七面鳥
この　カビくさい　日の当たらぬ
小さなおりの中で
いつも大きい体を小さくし
歩き　のびて
そして　体を折りまげて寝る
時々せまいおりの中がいやになり
外に向かってどなる
自由のきかない　おりの中
赤くなったり　青くなったりしながら
この　おりの中で
何年暮らすやら……

# 給料日

事務のN先生が、わざわざ給料を届けてくれました。給料日前に倒れてしまいましたので、本当にありがたかった。

「お金がないわけでもないと思いましたが、困ると思いまして……」

と先生は言うのです。

お金のないことを知ってるのに――。

オカズが食べられる。

ありがとう。

給料の中から、とても貯金などできないのです。給料をもらっても、すぐ無くなるのです。

おつりを貯めたら、少しはいいと思い、ビンに入れました。

# 貯金

一円玉をかぞえた　二百三十円あった
五円玉をかぞえた　六百五十円あった
十円はわずか　百円
五十円は　九百円もあった
ないつもりで貯金してきた
みんなで千八百八十円
おつりを貯めたものだが　結構たのしめる
また　夏休みから　貯めることにした
夏休み過ぎるまで　幾ら貯まるかな
ともすれば　夏休みは
お金の入用が多い月
今まで貯めた分も使ってしまうかな
そんなことなきゃいいなと思うが
サイフの中が淋しい

## 空っぽサイフ

とうとうサイフの中が
空っぽになった
七月過ぎないうちに給料がなくなる
月末に洋子が林間に出かける
何とか用意したせいもあるらしいが……
お金ない時は　淋しいね
その用意のため　ボーナスや
給料手当てからも　貯金しておいたのだが
貯金おろすの嫌だね
でも　サイフの中は空っぽ
明日にでも　おろして来なければ……と

初めての夏休みに入り、仲間や友達は、長い夏休みを旅行したりしますが、私は出歩くことはあまり好きではありません。友達は「休み中、よく家にいられるね」と感心します。お金のないせいばかりではなく、本当に出歩くことは嫌いなのです。近くの公園やお店に散歩に行く程度が好きなのです。

# 若夫婦

若い夫は小さく可愛い赤ちゃんを
太い腕の中に抱き
そのそばを　若い妻が歩む
若い夫は腕の中の赤ちゃんを
微笑みながら見ている
わたしと　すれ違う時も……
その　微笑は
初めての赤ちゃんを持つ親にしか見られない美しい微笑
他の赤ちゃんより　自分の赤ちゃんの方が一番可愛いと思えたものだ
かつて　私は十九　そして夫は二十歳で
父と母になったのだったが
その時の　主人の微笑は
やっぱり　あなたと同じだったのです
今　すれちがう若夫婦は　私より五つくらい

年上かな？
その二十歳の私の夫は　それから一年余りで　あの世の人となったのです
それも　突然に
あの若い夫も　明日にでも
その生命が消えたら
あの若い妻からも　微笑が消えるだろう
どうぞ
その微笑みをいつまでも
いつまでも二人で
赤ちゃんの上にかかせぬようにね
若い夫婦さん

# 挫折

このむなしい気持ちは
どこから来るのだろうか
世の中　いや
家中が平和すぎるからだろうか
それとも
世の中や　人間のみにくさを
知りすぎたからだろうか
死ぬほどの愛もした
相手に死ぬほど思われもした
片想いもした
何から何までとは言わないが
いろいろのことを　見たり　やったり
その心が今
このむなしい　いや　この世を

もう嫌にさせるのだろうか
いろいろの性格の人とも　交際したが
また　ひろ坊のように
死ぬほどの熱愛
大いなる愛撫をしてみたい

# この手に愛を受けとめて

あれから十年
あの　美しかった瞳も姿も
手も　指も
みんな　ひろ坊と一緒にいってしまった
指はささくれ
手は荒れ……
でも　でも　その手……
そして体……
そして口唇には　忘れられない
ひろ坊の肉体を感じている
そして　誰にも負けない愛を
この手　この体にいつまでも
にぎりしめていることだろう
どんなことが　おこっても……

暮らしが少しずつ楽になるにつれ、反比例するように心が重くなるのです。何事にも神経質ではありませんが、自分から好きになれる男性がいないせいか、よく亡夫のことを思い出します。心に暇ができたせいでしょうか？

## 眠られぬ夜の私

夕べちょっとの物音で、しばらく眠れませんでした。ひろ坊のことを考えて、夢にでも逢えないものかと、あなたの顔を思い出してみました。でも、十二年前のあなたの顔はなかなか思い出せずに、かえって苦しくなりました。

あれほど愛していたあなただったのに、忘れてしまうなんて……。つらかった。考えれば考えるほど、別の人の顔が浮かぶ。ごめんなさい、忘れているわけじゃないの。本当よ、お互いに愛し愛された私とあなた、なんで忘れましょう。きっと、眼をさましたときの私を、悲しませたくなかったのね。

## あなたの名前

宏
宏　宏……
何回となくあなたの名前を呼んでみる
今は　一つの位牌となってしまったあなた
そして　北海道の最果てに
父母と共にうずまってしまったあなた
今夜こそ　あの
楽しい　嬉しい　悲しい
そして　苦しかった頃の思い出の夢を見せて
あなた以外に
心から愛する人のいない私
せめて
あなたに夢で　お逢いしたい

# 子育て人生

この手
この顔
二十歳の私なれど
子を育てる一心に
指はささくれ　頬はこけ
身も心も老たげに
三十歳の今日
あれから十年
やっぱりかわらぬ
かわったのは
子供が大きくなったのと
私の心が強くなったこと
そして
生活が少しずつ良くなってゆくことも

そして
また
私が年老いてゆくことも……

# 除夜

除夜の鐘が　どこからか聞こえてくる
また洋子と二人淋しく
最後の年をすごそうとしている
毎年同じことを繰り返して……
でも
洋子はずいぶん　大きくなったものだ
来年は六年生
しっかり勉強してほしい
私も　第二の目的をめざして
そして　健康であってほしい
一年の計は元旦にあり
今年こそ　佳き年でありますように
私にも子供にも……

## 新年

七年目の東京のお正月がきた
この寮へきてから
もう　二年目のお正月だ
なにも　食べるものがないが
洋子と二人でのんびりと
楽しくすごすことが　幸せだ
今年こそ　健康第一
あとは　野となれ　山となれ

# あなたとの日記

今日、机の中を整頓していたら、昔、私が使っていた小さなノートが出てきました。ひろ坊と結婚して一年、一番苦しかった時のものです。読んでいるうちに、胸がいっぱいになり、涙がこぼれそうになりました。あのせつない苦しい生活。今この小さな日記に、あの時の苦しみのさまざまなことが見えるように書いてあるのです。

なつかしい「宏」、ああこれがあなたの字ね。苦しみも悲しみも、この世にいないあなた。とても懐しく思われてなりません。

私は幸せです。こう幸せになると、なぜあなたが生きていてくれなかったと悔やまれてなりません。あの頃あなたも苦しかったのね。ご免なさいね。私も一生懸命生きました。そして何事にも我慢しました。眼をつむると、あの時のあなたが元気に私の心や頭に現われてきます。日記を読んでいるうちに胸が切なく、眼にいっぱい涙が溢れて、日記の字も、心の中のあなたの姿も、みんな涙でかすんでしまうのです。

今、眼の中に現われるあなたにお逢いできるけれど、やっぱり、たくましかった頃のあなたの腕に抱かれてみたい。あの頃はあなたも私も青春時代でしたね。あの情熱的なあなたの体、口唇。もう今はあなたのような愛を示してくれる人はいません。もう一度あなたのような方が現われたら、私はきっと身も心も、その方にあげてしまうでしょう。

その時は、あなた許して下さいね。

# 通勤のひと

その方と一緒になる
どちらからともなく　挨拶をする
毎日　会うわけでもない
たまに出勤時間が一緒になるにすぎない
二日　三日
また　お逢いする
一日　二日
言葉をかわすようになる
どこに勤めているかわかる
ただそれだけ
そして　今日四日目
帰りのバスで一緒？
五時過ぎでなければ帰らないと言った人が
偶然とは思われない

そうだ　私の帰る時間を聞いていたっけ
お茶の誘いをうける
ちょっとだけなら……ということで
学校の話や家庭のことを話してくれた
あの方　結婚している
そして私にも旦那がいると思ってる
私って悪い女
でも　話しているうちに
愉快になり
お話を聞いてあげたり
しゃべったり……
また　逢うことを願っていたっけ

# ある男性

今日もあの方とお逢いする
私がバスから降りようとすると
待ってたように前に立っていた
だまって通り過ぎようとしたら
「もう転校するかもしれない　お逢いできないから　今日つき合って下さい」
と言う
男性のプライドを尊重してやるつもりでゆくことにする
自分の生いたちや　結婚のことを聞く
そして　帰ってきた
あの方
男性として齢の割合に純情で
まだ女性をリードできるだけの　たくみな話術を持っていない
私としても　ものたりない
お話だけ聞くことにした

# 平凡

好きでも　嫌いでもなく
何の不安もない　今日この頃
子供としずかに一日を送っている
好きな物を食べ　勝手なことをしている今日
私はこんな日を待っていたのかもしれない
だが
こうしてみるとやっぱり　自分自身をもてあまし　何かスリルをもとめる
そのもとめたスリルに何度失敗したことか
今度はしまい　今度はやるまいと言って
そして　今しずかに暮らしているのに
またそのものを必要とする
私って
いや　女ってこんなものか

私を誘ってくれた人。だが「もう遊びは嫌になりました。いや、やめることにしましたの」と笑いながら、冗談めかしに言ったら、あの人、本当に誘ってくれなかったのです。あの人は私を満足させてくれなかったけれど、人格者として尊敬していただけ。ただそれだけだから、格別淋しいとは思わなかった私です。

## 二度目の学校休む

また　六月に具合が悪くなった
どうして六月頃になると
こう　具合が悪くなるのかしら……
今年こそ　勤めも休まないと
心に誓ったのに　自分ながら嫌になっちゃった
金曜から日曜にかけて休んだら
少し具合がよい
休むのは嫌だが　みんな心配してくれる
ウソでも　私が一生懸命やってるのを
認めてくれてるようだ
仕事中でも　自分ばかり　働くようで　嫌な思いをしたことがあったが
やっぱり見てくれていると思えば
また　一生懸命やろうと心に誓う

小学校の調理士として三十九年十月に勤めてから四十年の六月に一度と、四十一年に一日半休みましたが、その他は一度も休まないし、遅刻もありません。まして二十分以上早く出勤、遠くても近くても、雨が降っても同じ。こんな私だから、時間にルーズの人は嫌いなのです。

## 独りポッチの私

君を知ることによって
僕は一人ポッチでなくなった
二人って　こんなにすばらしいものかと
あの日　突然に
君が僕の傍よりいなくなるなんて
とても考えられないことだ
なぜ
なぜ
君は僕の傍から　僕の手の届かない所へ
行ってしまったの
また　僕は一人ポッチになってしまった
やっぱり淋しい
君に逢う前の
一人ポッチの僕よりも

# 愛《いと》しい人

愛しているものを
こんなに早く手放す事ができるだろうか
私なら　愛するものを
簡単に手放すことはできない
ひろ坊みたいに
突然逝《な》くなることは仕方ないが……
でも
愛していたものは
やっぱりいなくなってからも
いつまでも　胸の中に持っている
そして
その愛していたものと同じものを
いつまでも
いつまでも　探しもとめる

## 仕事への倦怠

これからの仕事の件で嫌になってしまいました。といっても、働かなければ生きてゆけません。ある人が事業を始めるとのことです。私に手伝ってほしいと言っていましたが、今の仕事はやめたくありません。いや、もう外へ出て仕事をするのが嫌になったのです。再婚の話もありますが、好きでもない人とは嫌。いくらお金や財産があっても、愛情のもてない人とは成立しないと思うのです。もしできたら、私も好きで何事にも大きい気持ちで応えられる人とお付き合いしたい。結婚……、何か苦しい気持ちがします。しかし体が丈夫なうちはあまり異性のことすら考えませんが、やっぱり夫となる男性がいればいいと思うことがあります。

# あれから十とせ

十月二十一日
また　あの悲しい想い出の日がきました
今日で満十年経ちました
あなたが一人で逝ってしまったのは
あの日　夕方からミゾレが降り
とても寒い日でした
まさか　突然に　あなたがいなくなるなんて
夢にも思わなかったのに
今まで一度だって忘れたことはない
友達と楽しく遊んでるとき
ピクニックに行ってるとき
楽しければ　楽しいなりに
苦しければ　苦しいなりに思い出して
でも　でも

私の目の前には姿をみせません
少しの間でしたのに
あなたは　なぜ
なぜ　悲しませるのかしら……

## 北海の地のあなたへ

東京の秋は　まだこんなに
暖い日がつづくのに
北海道は　もう北風の吹く頃ですね
あの青く澄んだ空も灰色にかわり
そうなると　白い雪も降る頃ですね
あなたの眠る草布団も枯れ
寒そうにしているあなたを
思い浮かべております
あの坂道は　よく通りました
リンゴや米や麦を積んで通る
馬車や人々
今はきっとにぎやかでしょうね
でも　もうじきに　その影も薄れますね
そうすると

ただ広い　白い雪の野原になってしまいますね
きっと淋しくなることでしょう
暖い春を待ってください
来年あたり　逢えるかもしれないから……

# 十三回忌

寮へ入って四年目。ひろ坊の十三回忌なので、生活も少し落ちついたことだしと、寮長先生に主人の法要のことを相談しました。寮長先生は、すぐよいご返事を下さり、主人の命日は、ちょうど、お彼岸の中日でしたので、寮長先生が、ご自分の菩提寺に連れて行ってくれました。そこは本門寺という大きい立派なお寺でした。

寮長先生と洋子と私。仏像の前で、お祈りしていたら、何か心が洗われるような気持ちでした。寮長先生の旦那様は本門寺に祀られ、とても大きい立派なお位牌でした。

私は主人のため、小さいけれど、仏壇とお位牌を買ってあげました。その位牌に私が祈る言葉は、「ひろ坊、あなたは体が弱くて早く死んだのだから、私と洋子が健康でいられるように見守って下さいね」ということです。

## 仏壇を求める

あなたが亡くなってから
十二年目の秋になりました
あなたの位牌を胸に
上京してから　八年になりました
仏壇も買ってやれずに
大きい体を小さい箱の中に納め
きっと窮屈だったでしょう
今日はあなたの亡くなった日
だから　仏壇を買いにゆきました
少しはあなたも
立派に見えますね
「けっこうお金かかったんだぞ」
と言ったら
写真のあなたが

## 笑ったように思えました

母子寮に来てから少しずつ生活もよくなりました。やがて母子寮建て替えのため、寮全体で引越すことになりました。大勢のこととて、とても大変でした。さすが、みんな一家の柱揃いで力いっぱい。どこからこんな力が出てくるのかと思うくらいみんなで家具を運びました。体の弱い人の物や、寮長さんの分もみんなで運びました。

引越し先は烏山の昔の寮でした。一年半くらいそこにいたでしょうか、新しくなった寮に、また引越しました。新しい白い壁に古ボケた家具が目立って、なおさらみじめに見えました。六畳一間に二畳くらいの台所、水洗トイレ付。ベランダがあり、洗濯機も買える人は個々に持っていました。烏山の寮や、前の寮から比べるとマンションに入ったような良い気分でした。ガス、水道、電気もみんな個々の支払いで、掃除だけは共同でした。嬉しかった。仕事も順調だし、病気もしないし、本当に幸せを感じました。

寮長先生、本当にありがとう。

## 日曜日

洋子が学校へ　バレーの練習に行った
日曜日　家に一人というのはめずらしい
食事　掃除　洗濯
日曜日の私のやる仕事
習字の練習もする
なかなか思うように書けない
熱いコーヒーを入れる
テレビを見る
しずかだ
一人っていいなあ……と思う
好きなペンを持ってみる
帳面の中に
いろいろの想い出が書いてある
その　想い出を読み

そして
なお　また書きつづける

その頃、母子寮で習字を教えていた先生がいました。私は土曜日の午後だけでも習おうと、子供達の中に加わりました。先生は、大貫思水先生といい、私の好きな字を書く先生でした。なかなかうまく書けないものです。

## 廃虚

愛をもとめ
　青空をもとめ
　緑をもとめて
　　さまよい歩く私
二十歳の時
　あなたが逝ってしまってから
その一つも手にもとめることはできない
あなたのように
あの時のように
もう　私の周りには
愛も
青空も
緑もないのだろうか

# 木枯らしの夜

真夏に
たのしげに聞えていた
ロマンスカーの
あの笛も
木枯らし吹くようになってからは
いやに哀しげに聞える
ほら　今夜もまた
窓の周りを
木枯らしは　吹きつづける

# 北海道へ旅行した洋子へ

悪口言ったり　言うことをきかなかったり
私に立ち向かう時
にくたらしく思う娘
ついこの間まで　ああこんなに
むなしい人生なら　つまらない人生なら
よほど独りがいいなあと
口ぐせみたいに　そのたびに思った
だが　大きくなった今の洋子
こうやって一人になって考えると
私にあの娘は何をしたと言うのでしょう
あの娘に苦労こそかけたが
何一つ今の娘達のようにしてやったことはなかった
モンペのお尻とひざ小僧に
つぎの当たった物を穿き

小さい足で　大きい私の後から
あの坂道を一生懸命歩く
苦労させたことが数えきれないくらいある
この一週間くらいで
一人ってこんなに淋しいものかと
つくづく思った
私にはやっぱり
あの　まるい顔の
明るい気性の
そして　かしこく素直な洋子が
一番　宝なのだ

# 父の便り

暑中御伺い申上げます。洋子の留守後如何御過しですか。一人で嘸《さぞ》寂しい事でしょう。洋子さんが大人に成ったので驚きました。弘子より背も高く立派な学生です。態度は至って穏和で発言少なく、尋ねると何事にも明白。顧みるに父親の顔も形も知らぬ子故にお前には寂しい暮し十五年。良く頑張り通したその強い気持ちに感謝感涙胸一パイ。両親の不届を幾重にも御詫びする次第です。尚、山内様夫妻の御指導御配慮にも依るものと今尚深く感謝して居ります。信弘も洋子も仲良く毎日、海川へ出掛け、二人共銅金の色を見せて大笑いしておりますから何も御心配なく、日数の許す限り楽しみ深き古里を味わわさせ帰京の途につく事でしょう。夏としてあまり凪もなく七月二十一日よりウニ採取日でしたが二十八日初めて取れたので二人に手伝って貰い午後四時半頃終り安心しました。父さんも母さんも道路工事に行ってるので残すかと心配しましたが御蔭様で早く終ったのです。信弘達滞在中に、もう五、六回も取れると良いが、採取期日は十五回、八月二十日迄です。何も土産物ないのですからね。暑中の折柄御身大切に。では又後便にて。

昭和四十三年七月二十一日

父は文章を書くとき必ず下書きをしてから、本書きをするのです。洋子がいとこと二人で、田舎へ初めて帰った時、父が私にくれたものです。

# おんな一人

あの初めて逢ったうれしさ
そして　結婚し　子供が生まれた
何のキッカケで喧嘩し
大人達は別れる
愛していたと思ったのに
どうして　こんなに苦しみながら
子供と生きるのか
私ならどうしたらいいだろう
あんなに苦しく　死ぬほどつらく
愛があった　若さがあった
それでも生きぬく愛の力があった
大人のだらしなさ　みにくさ
子供と共に　生きる女性
十数年　その人の面影を追って

生きる女性
どちらにしても女一人
子供連れで生きるが
憎んでいても　相手が生きていれば
いつか許せるし
逢うこともある
子供には父親なのですから……
死んでしまえば
ただ　灰だけ

娘洋子も赤堤小学校を卒業し、梅ヶ丘にある山崎中学校に入学。一年の担任はO先生、二年はS先生。学級委員や風紀委員をやりました。その学校に母子寮で一緒に住んでいたNさんがいました。そして私の前の学校にいたMさんの弟のTさんもいました。当番の時、洋子がお世話になりました。中学校卒業の時、TさんとNさんが洋子に立派なアルバムを贈ってくれました。今も大事にしています。何年も会っていませんが、Nさんのお子さん方、どうしているかしら……。二人共男の子。立派に成人されたことでしょう。

## 上京後初めての帰郷と父の死

四十四年八月。姉は舅たちの法要で義兄の田舎に夫婦で行きました。そして私の実家に寄ったのです。その時、父はまだ元気でした。しかしその後、急に具合が悪くなり。、姉は横浜の姉に、「お父さん、もう駄目かもしれない」と報告し、そのことを私も知りました。私は、来年は洋子は高校入学だし、お金もないし、どうしたらいいものか迷いました。寮長先生に相談すると、「お金は働けばできるもの、父親の死に目に会えないのは一生涯、後悔するかも……」と。

それで親戚の四人と私と洋子と八月十一日、羽田を発ちました。

父は、「クニは来ないのか」とか、「お前達はいい旦那さんがいていい」とかと言い、ずいぶん私のことを心配し、待っていたと姉は言うのです。

千歳空港から札幌へ。すぐタクシーで小樽海岸を通り、岩内町にいる兄の所へ一泊の予定で立ち寄りました。着いたのは午後八時頃でした。義姉と義母がたくさんご馳走を用意して待っていてくれました。お風呂に入り、みんなで食事をしようとした時、父の危篤の電話が入りました。

兄はタクシー二台を借り、私たちは田舎へ向かいました。あの断崖絶壁についている石ころだらけの道。外灯一つついてなく、自動車のライトだけで走るのです。前は海と思うと急に曲がり、後の座席にすがりつきひや汗びっしょりで生きた心地はありませんでした。私達が着くと親戚の人達が集まっていました。父は私を待っていたらしく、「クニちゃん早く、お父さん待っていたのよ」と言われ、私は父の枕元に座りました。

父にみんなが、「お父さん、クニちゃんよ」と呼びかけ、私は、「お父さん、わかる？ クニよ」と何回も言いました。父はかすかに目を開けて、僅かにうなずいたようです。父の目に一筋の渇れたような涙が流れました。そして間もなく父は息をひきとったのです。八月十二日の朝でした。お盆の入りでした。野辺の送りも村中みんなでしてくれました。

上京後十三年目で帰った故郷。山も海も河も変わっていませんでした。でも電気もない所だったのに電気がつき、車が断崖の道を走り、旅館も鉄筋建になっていました。あの静かだった村もにぎやかになっていました。友達も少なく、年老いた人達と子供達が多く見かけられました。人々の素朴さも昔のままでした。だが、父の急死はやっぱり私の人生において、大きな衝撃のひとつでした。

私の初恋、恋愛、結婚、みんな故郷の山や海や川に流してきたはずなのに、帰ってみると、その場所には昔の私とひろ坊がいるのでした。

父の死で何十年も会っていない従兄弟に会いました。叔父にも会いました。ちょうどお盆でしたので、町へ行っている人達がお墓まいりに帰ってきました。同級生のMちゃんとも会いました。なつかしい友達や人々に会えて、うれしかったです。

もう夏休みも終わり、朝夕涼しい風が吹く北国でした。

# 秋　祭

秋祭がやってきた
　おはやしの音を聞くと
　　心ワクワクしてくる
このなつかしい音と
　胸おどる心は　この年になって
いったい　どこからわいてくるのだろう
今年も十七歳の娘と
　　雨の中を行ってみた
私が十八歳　夫と一緒に大きいお腹を
かかえて　よく祭に行ったものだ
主人も私も祭さわぎが大好きなのです
だから子供も好きなのだろうか
毎年　毎年来る祭を
子供みたいになつかしく

そして　待っているのです

世田谷宮坂の八幡さんの祭によく行きました。六所神社の祭もありました。

# ただ生きる

満二十一歳にならないのに
未亡人になった私
子供と貧乏と借金を残され
どうしたらいいか……
いや　それより淋しさにたえられなかった
一円もなく　次の日から　涙をはらって
子供を背負って二里の山道を作業に行く
雪が私と子供の頭にふりつけ
涙と鼻水と汗になって流れる
生きる　生きる　ただ　生きる
今は　もう私も四十歳が近い
子供も就職が間近か
苦しかったが愛する人と一緒になり
今　それをみんなに話す

「愛」　なんて清く強いものだろう
ただ　それだけで　十数年も
子供と貧乏に負けずに生きられるなんて
でも　あまりにも長すぎる……

# 仲間

何事も一緒に仕事をしているのに
わざわざ言わなければ
その　決まっている仕事をしてくれない
他の人がやってくれる……
私は年をとっている……と
それに甘えてはいけない
あなたも　それ以上に
給料をもらっているのですから……
言ってくれればするのに……
その言葉づかい
もう　甘えているのだ
姉妹でも
母娘でもない
一人の職業婦人なのですから……

# 第四章　娘の独立

## 引越しと洋子の就職

この頃、出てゆかねばならない住宅のことで毎日焦っていました。洋子が小学校の時はまだ給料も少なく、都営住宅があることも知り、もう少しここにと思っているうちに源泉がばっちり出て、もう都営住宅も駄目と知り、それでも洋子が中学生頃から始めていた公社の空家、公団の空家への申し込みです。勤めと学校の近くということで世田谷区赤堤の付近をねらって出していました。しかし何年間も公募に落選ばかり。洋子が高校三年で、満十八歳になるこの十一月の誕生日までには出てゆかねばと決心しました。

体が弱くて働いていず、収入の少ない人もどんどん寮から出て都営に入るのに、一生懸命働き、こんなに苦しんでいるのに、安い都営住宅に入れないなんて、なんて矛盾しているんだろう。区の住宅係や福祉課にも何回足を運んだか。区では話にならず都庁までゆき、職員の人と喧嘩してきたっけ。でも書類上での仕事の人達は何もできず、住宅局や民生局長宛に嘆願書も出しましたが、駄目でした。

六月の末に公団の空家住宅入居の知らせがきました。しかし、それはすぐに入れるのでなく、百合ヶ丘に空きが出れば入れるとの知らせでした。夏休み中に入れるようにと願っていたものの、九月に入っても十月になっても、知らせはありませんでした。

ある休みの日、新宿の公団事務所に行きました。わけを話すと、小田急線相模大野駅からバスで少しの上原団地が空いているとのことでした。「一度行ってみたら……」ということになり、日曜日、娘と行ってみました。向ヶ丘にはよく寮から遊びに行きましたが、それから先に行ったことがなく、「なんて遠い所だろう」と思い、通勤のこと、家賃のことなどで悩みました。悩んだ末に公団の好意に甘えて、遠くとも安いとのことで上原団地に入居することにしました。

十二月二十六日、引越し。友達が荷物を運んでくれました。本当に助かりました。寮長先生、事務の先生、寮の人々、みんな送ってくれました。遠くとも、ああ自分の家だという気がしました。通勤電車は混みましたが、さほど嫌とか大変とか感じませんでした。あきらめの早い私の気性のせいかな？　洋子が四十九年三月に卒業するまで相模大野から通いました。

娘は四月、新宿伊勢丹への就職。高校入学も就職の手続きも何もかもみんな自分でしてくれた娘に本当に感謝しています。余裕があれば大学に進学させてやりたかった。

## 洋子よ

洋子　今日はありがとう
洋子　いい子で無事に成長ありがとう
洋子が無事に高校卒業　私は嬉しい
母さんは洋子の年に恋をして
亡き父さんと結婚を
そして　一年過ぎた秋
洋子が生まれて幸せの
最高だった　雪の日に
父さんが
ぽっくり死んで　母さんは
一歳余りの洋子を抱いて
よく泣きました
あの日　あの頃
洋子は私の

心の灯　心の宝

洋子がいたから生きぬいて
就職も伊勢丹に決まって
本当によかったね
天下の伊勢丹　母さんは嬉しい
洋子の職場に　母さんは
なんだか鼻が高いのよ
今度　母さんも少しは
綺麗になれるかな
今日は洋子の給料日
封も切らずに父さんの
仏前にのせた洋子の気持ち
父さんもきっと喜んでいるでしょう
太陽のように
明るく健康な洋子
いつまでも

優しい心でいてね
これからも　母さんをよろしく
父さんのような人がいたら
恋をするのよ

そして私の勤めも、今の学校は勤続十年で転任する制度ですので、四十九年十月一日で丸十年になりますがそれを前にして四月一日付けで世田谷区成城にある区立の小学校の調理士として勤務することになりました。通勤が少し近くなり、新しい仲間もできました。

## 雨の日曜日

雨　雨
昨日も雨　今日も雨
周りの木々も出はじめの葉を
雨と風にたたかれ
なよなよと　ゆれている
昨日した洗濯物も乾かず
朝と昼一緒の食事をして
ステレオも聞きあき
テレビにもあき
座布団を枕にコタツに足をつっこみ
天井を見て　ぼんやり
あっ十一時過ぎだ
欽ちゃんの「スター誕生」が始まる
パチ

またねころんで見る
行儀が悪いなあ……
太るぞ！
わかってる
だって
退屈なんだもの

## あなたの夢

何年かぶりで　ひろ坊の夢を見た
ああ　今日は二十一日
あなたの命日
あなたの顔も姿も
かわっていなかった
だが　あんなにあなたを思っているのに
夢がさめ　朝になったら
どんな夢だったか　忘れてしまった
仏壇に　お水上げ　お線香をたき
久しぶりに　ご飯を供えた
あなたの命日に
愛する人と一緒になれば……

# あなたを待つ

古ぼけたトラックの上に
あなたの棺を載せ
あの坂道を火葬場にゴトゴトとよじ登る
この手であなたの冷たい棺に手を置く
手のぬくもりがあなたにつたわり
ドキドキとあなたの心臓が
今にも聞えてきそう
自分の手であなたの白い骨を
ひろったのに　今も　どこかで
あなたが生きてるように思う
ホラ
あの時の二十一歳のあなたが
あの町角から現われて
きれいに揃った白い歯を見せて

あなたが笑う
大またに私に近づいてくる
だから　私はいつも　いつまでも
あなたを待っている
私が老いても
あなたが迎えにくるまでは……

# 吾が子よ

子供　子供
そう　もう一人立ちしそうな子供
でも　いくら一人立ちしても
私の子供なのですわ
子供が結婚しても
この世からなくなっても私の子供
私がどこへ行っても
娘が誰かと結婚しても私の子供
いつも私についてまわる者
主人は影も形もなくなったけど
やっぱり主人なのです

## 結ばれた二人

私が死ぬとき
私のそばにあなたがいて
あなたが死ぬとき
そばに私がいたい
あなたが　私を忘れようとしても
私は魂になっても
あなたのそばを離れない
苦しむがいい
私の心が
死ぬの時のように

## 紅一色

あの澄みきった青空も
深い　あい色の海も
太陽の燃える火をあびて
その色も替える
ただ　一色の紅となる
みつめる私の肌の中までも

## 都会の雑踏

この東京に
故郷のような　自然が見えない
けれど
ビルの谷
ビルの山
車の河
人の波
煙草のすいがら
ネオンの虹
だが
太陽は　一つ
天も
雨の涙を降らしてくれる

## ひとり淋しく

子供と一緒に暮したくないと……
まして　結婚した子供達とは……
そう思っている私
死ぬ時は　誰も知らないうちに
逝ってしまうと思う

# ふるさと

いくつかのトンネルをぬけ
最後のトンネルをくぐると
車の窓から故郷の村が広がる
丘の上に建っている校舎
海にかぶさるようにつき出た岬
村の真中を流れてる川
人家も少なくなり
あの　一本柱の橋だけが
立派になって川の上にのしかかっている
その夜
八十の母が江差追分を唄ってくれた
一本もない歯
だが　その喉から出る声は
二十数年前と変わってはいなかった

あなたと出逢った秘密の場所
変わらず　そこにあった
あなたが十八　私が十七
あなたの姿は　もうそこになく
青春を追う私の姿も　もうそこにはない

## わが夫よ

宏　あなたの顔
　今も忘れはしない
少年漫画のヒロインのような
　顔をしていましたね
髪を長くしてたあなたを
　母は嫌がっていましたね
でも　私は長い髪と
　長いまつげのあなたを
世界中で一番愛しています
四十になった今も
その面影を追う

## 真実の恋

忘れろ　と言っても
　忘れられるものじゃない
忘れろ　と言って
　忘れられるものならば
その恋は　恋じゃない
忘れろと言って
　忘れられるぐらいなら
はじめから　こんなに
なやみもしないし恋もしない
忘れろ　とあなたが言えるのなら
それは　ただの
　遊びなのです

## 五十二年の秋

二十一歳で
あなたが亡くなってから
　二十三回忌がきました
あの日の北国は
もう　雪が降っていましたね
東京も　日も短くなり
　朝夕　寒くなりました
何にもしてやれないけど
　少し供物を買って　仕事仲間とも
供養してもらいました
洋子も　この秋二十三歳になります
ドン底の貧乏にも負けず
あなたがいなくとも
すごく良い娘に育ちました

素直で　判断力のある
　ひまわりのような
そして　あなたに似て　とても美人です
そして　そして私も
　この秋　四十二歳になります

# 若者達へ

若者達よ
どんなことがあって
黙って家を出ていったのか
自由をもとめて行くのもいい
でも　親と子は
やっぱり　親子
元気でやってることだけは
知らせてほしい
理解し合うのは望ましいが
親と子でも考えは違う
もう　一人でやって行ける年なのだ
だから　何も言うまい
　生死だけは教えてほしい
どんなことがあっても

それを心配するのは
親だから……

# 娘へ（その1）

父の顔も　　愛も知らず
毎日一緒にいる母にはあまり　かまってもらえず
といって　祖父も祖母も
もう　この世にいなかった
いつも　お母さんと二人でしたね
兄姉も弟妹もなく
いつも一人で遊んでいたね
洋子
　あなたは強い子でしたね
でも
　お母さんは　わかっています
あなたの心の
　　淋しさを……

# 娘へ（その2）

あなたは　お母さんと生きてきたことについて
自分は
よく　あの環境で　グレなかった　という
お母さんもそう思う
だが　常識のある子ならば
小さくとも　やってはいけないことは
わかるはず
お母さんだって　両親がいても
小さい時から楽な生活をしてきたわけでない
お金をとるようになっても
全部といっていいほど　家に入れた
自分より　他の人のことを考えみつめ
生きてきたのです
夫婦になっても　夫を思い

逝かれてからも　夫と子を思い
お母さんこそ　よくグレないで
ここまできたと思う
それには　やっぱり　夫と娘への
愛があったからだと
思うのです

# 〝八時半のシンデレラ〟

時計が八時半になったなら
帰る支度に大忙しな私
誰もいない暗くなったデパートの中
裸の人形　一人　二人……
明日も美しい服を着るのでしょう
おやすみなさい
いつもにぎやかな更衣室も
今夜はいやに静かです
制服ぬいで鏡に向かう時
普段の私にもどります
マスカラーと薄口紅だけの化粧と
ホワイトローズの香りをちょっとしのばせ
新宿の夜の道へ出る
はなやかなネオンの灯の下

それぞれのファッションのカップル達
わたしは一路　駅に急ぐ
明日も美しく装う
たくさんのお客様がきますように……と

（洋子・詩）

## 手かがみ

一人の時に
小さな　手鏡をみる
鏡に向かって
にらんでみる
横顔をみる
目だけをみる
鼻だけをみる
そして
口だけをみる
おしまいに
　ニッと笑う

# 夢

生きていたいというのに
　なぜ　死なすの
死んでしまいたいというのに
　なぜ　生かすの
必要なものは　なくなり
必要でないものは　むらがる
それでもいいのかもしれない
　私だって　誰かに必要で
　　誰かに必要じゃないかもしれないもの
　逝ってしまった人たち
何年ぶりかでひろ坊の夢を見た
この間は　お義父さんとひさ坊とひろ坊と
三人
そして　今日は

ひろ坊　ひとり

ひんぱんに見る　逝ってしまった人の夢
なにかあるのかしら……
悪いこと？　いいこと？
どちらにしても　気にかかる
あなたが逝ってしまってから
いつも心に思っていたが……
あまり　あなたのことばかり
思っている
この頃のわたしだから……

## 新宿御苑

どんよりにごった
　東京の空
けだるそうに立っている木々
時折り吹く風も
　ほこり臭く
行きかう人々も　皆生気がなく
　だまって歩く
この広い公園には人影もまばら
涼をもとめて小鳥たちが
　ふん水の池のまわりに集まる
恋人たちだけが
　太陽の暑さにも負けず
心を熱く燃やしていた

# 天国のひろ坊へ

宇宙や地球の裏側まで通じる今の電話です。きっと天国にいるあなたにも通じますよね。あなた……いや、一度もそう言ったことなかったね。〝ひろ坊〟と呼んだ方が、私に似合っているでしょうね。ひろ坊は今、私のことをなんと呼んでくれているでしょうね。あの時のように「クニちゃん」と言ってくれるでしょうか。

この三月三十一日はひろ坊の誕生日、四十四歳になったのですね。ひろ坊が地球に生まれ出、生きた年月よりも多く経ちました。

そして、私も四十三歳。娘の洋子は二十四歳になりました。まだお嫁にも行かずにいるんですよ。お付合いしている男の子がいるんだけど……。結婚するのかな？　わからないの。はっきり言わないから――。

私が一人になりたくって、早くお嫁に行きなさいと言うんだけど、でも、いざ嫁に行っちゃうと淋しくなるのでしょうね。私があんなに苦しめたのに、洋子はとてもかしこくいい娘に育ちました。今、日本橋の三越デパートに勤務しています。ひろ坊に一目見せたいし、私の自慢のひろ坊を、一目娘に見せてやりたいわ。洋子は自動車買って、たまに私をドライブに誘ってくれます。娘の運転する自動車に乗るのは嬉しいけれど、怖いわ。

こんな時、横にひろ坊がいたらいいなあ……と思うのです。

私は変わりないけど、この頃髪に白いものがちらほら見えてきました。ひろ坊はどうですか。あんがい、ハゲ頭になっていたりして、ハハハ……。想像できませんね。

ここに来てからひろ坊の兄達にたまに会います。本当に楽しみで嬉しい。私とひろ坊のことを一番知っていてくれる人達ですから――。私は大好きです。

なにはともあれ、一度お逢いしたい。

# 私の履歴書

私は、国立がんセンターでの勤務後、東京都世田谷区立の小学校で三十七年間調理士として働きました（このうち五年間は嘱託ですが）。子供が小さかったことから将来性、永続性のある職業として調理士を選びました。初めは仕事が忙しく、一カ月も続けられるかと思ったものです。勤めはじめたころ、十歳以上も年上の先生方に一対一で話をする時でも、「おばさん」と言われたのには、ちょっと抵抗を感じました。人間の良し悪しは職種で違うものかとも……。

二十九歳でこの仕事をはじめ、三十代もすぎ、今四十三歳。この秋で四十四歳になります。私は十八歳で結婚、二年余りの結婚生活で、夫〝ひろ坊〟は二十一歳でこの世を去りました。その時、私二十歳、娘洋子は一年十カ月でした。

大抵の夫は、退職金とか年金、生命保険金とか、財産を少しは残しておくものですが、私の場合、何一つなく、昨日までミソ・塩のかけらもなかったのです。子供を手放す話も何度かありましたが、思っただけでも胸が痛み、貧しくとも私と一緒に暮らすほうが娘にとっても幸せと思い、一生懸命生きようと心に決めたのでした。今思うと本当に子供を手放さずによかったと思っています。

冬の北海道では仕事もなく、暖い地へ行ったらと、五歳の子の手をひき、二十四歳で上京しました。そして十数回、住居と職をかえ、子供も小学校を三回もかわりました。ただ一途に頑張り通せたのは、子供を育てること、生き抜こうの一念からです。それに一番幸せを感じることは、子供が不平不満も言わず、我慢強く、しかも明るく育ってくれたことです。

夫が働かないから、生活が苦しいから——とすぐ離婚、親が反対だから死んで一緒になろうとする若者達、勉強が嫌、学校が嫌と死にたがる子供達、自分の子供を育てられず殺す親が多く見かけられます。誰でもそう思う時はあるでしょうが、みんな我慢も努力もないわがままだと思うのです。

私は、職も土方からミシン掛け、事務。生活苦のため少しでもお金の多い職を選び転々とし、子供が小学五年の時、東京・築地の国立がんセンターでの勤務のあと学校調理士の仕事に入りました。年齢給の公務員の給料は少なく、年齢の割に子供の大きい私は生活費に苦しみました。給食で生徒が残すパンを捨てるのを見てもったいないと思ったものです。

子供が中学、高校を卒業。大学にもやりたかったのですが、とても女手ひとつには無理でした。学校へ行きたくとも行けなかった私、お金があったら娘を大学にやりたい思いでいっぱいでした。多分、娘も行きたかったに違いありません。でも洋子は、何一つグチも言わず、何事にも我慢してくれました。小さい時から世間並にきれいな物も着せられず、おいしい物も食べさせられなく、休み以外に学校行事にも行ってやれませんでした。せめて、学校だけでも大学に行かせてやりたかったのに……。

そして洋子は自分で職を選び、昭和四十八年四月一日、東京・新宿の伊勢丹に入社しました。二年間でフロア主任になりましたが、五十三年の末に、何か目的があってか退社しました。そのことに対し、私は反対したものの、自分の行動で周囲に迷惑をかけない娘であることを知っていますので、娘の気持ちを尊重しました。

住居は、かつて住んでいた世田谷区赤堤付近に帰りたく、それに勤めも世田谷区役所の所属でしたので、母子寮にいた頃から赤堤附近を希望していたところ昭和五十三年二月中旬、世田谷区経堂駅近くの宮坂の公社に当選し、引越し、現在に至っています。転々の生活に終止符を打つことができたのです。

生活が苦しい時にも私はつねに夫と子を思い、幸せになっても夫と子を思うのです。どんなことがあっても子を思うのは親の心だと思います。旦那さんのいるひとは旦那さんを大切に、奥さんのいるひとは奥さんを大切に、そして夫妻で子供を大切に――と願わずにはいられません。

# 抄録・日常雑感

私は暮らしの中で、辛い時や悲しい時、嬉しい時や楽しい時の出来事を書いて、自分自身を励まし、また戒めてきました。これは、私の生きる指針であり、力でもあります。

はじめから
失うものはただ一つ
それは命だけ
ただ生きるだけ

秋！　私の一番好きな季節。
薄汚い東京の空も、秋には少し青になる。年がら年中変わらない店先の品物も、秋には新鮮な品物が出揃う。そして、私は太る
明日がある、明日がある、と思ったり、唄にもあるが、若者達、子供達、明日は現実にはない。
今、今日を一秒をもしっかりみつめて生きようね。

あの頃があったからこそ今頑張れる。でも、もう少し楽しかったらいいね。
あの時ああしたら……この時こうしたら……人生変わっていたんだろうか。
運命と片づけてしまう。

頭で考え、口で考え、なんでも言えるのに、行動が伴わないのはなぜ……。

義姉がいつも送ってくれる小包を、入院しているというので兄が送ってくれた。手馴れないのに包んだ物が身にしみてわかる。兄の味がし、故郷の味がし、大好きな海の味がした。

あり得ないものは求めない。あり得ないものを求める心こそ人間の最も深刻な病なのです。

生きているうちに喜びがあるとしたら、何を一番にするかな。
それは、子供が生まれた時。その喜びを知らず年老いてゆく女性もあるんだね。どうせ年をとるんだから、喜びはできるうちにしておこうね。

生きるため、口に入る物は何でも食べてきたのに、この頃の生きるのには、やれ、あれ食べると体に悪い、これ食べると痩せられる。
生きるってなんだろうね。

いくら頑張っても時はすべてを変える。

板っこ一枚地獄の底。
荒波、冷風、一人の船出……兄がとってくれた魚達。おいしい、おいしい。感謝、感謝。
積丹の海のあの味がした。

いつも元気だね。苦労を知らない女と思われているが、その心の中、体の中は誰も知らない。
そして言う気もないが、その心の中をわかってくれる人がいるといいわ。自分自身、少しのことでも知りたいと思う。

命を捨てるほどの苦しみがあるからこそ、一ミリのうれしさに幸せを感じる。

一般的な生活や言葉を嫌がるかもしれないが、窒息しないでください。一流ばかり見ていると淋しくなるよ。

一円のお金を手に入れるのに、どんな思いをしてきただろう。苦しければなおさらにその心を大切にしたい。

一番苦しい時に助けてくれた人達を忘れちゃ駄目。それが夫、妻、兄弟、姉妹、他人であっても……。

今がいいからと、他人によくしてやっても、自分が貧乏人になったら誰もしてくれないよね。よくわかっている。だけど私は手をのべる、少しでも……。

今は沈む船から真っ先に逃げるのは、ネズミじゃなく、船長だって思う。

義兄が入院と聞く。肺癌とのこと。お義姉さん可哀相。どうして、いい人ばかり早く逝くようになるの。

言わぬが言うに勝る。

お互いの心を語り合える人を見つけた時から、もう一つの淋しくない人生が始まる。

押し付けられた孤独は耐え難いけど、自分で選んだ孤独は宝物ってこと。


おそるおそる窓の外を見る。雨も雪もない。

「ワアー　天気になっている！」

急いで起きて用意する。四十年ぶりに三鷹に下りる。歩いて十五分……。歩こうと思ったら可愛いバスが巡回していた。片道二百円、往復三百円。これはお金を料金箱に入れてから気がつく。残念……。

早く着いたので公園を散策。大きい木がたくさんあり、手を当てて気をもらう。

楽しかった。洋子と快（孫）のことをすぐ思った。一緒に来られたら、二倍も三倍も楽しいのにね、とチョコレートとハンカチ三枚、スプーン一本買ってきた。

男と女のつながりなど紙の鎖。ひとしずくの涙で切れてしまう。

快と洋子が来ると言う。独り暮らしの家では何もしてあげられないなあ。それでも来てくれる娘にいっぱい　たくさんの感謝！

加害者が被害者のような顔をする。

過去の思い出を引きずるよりも、今を幸せに生きたい。

家庭なんて男の墓場、と思わせないでください。

悲しい涙ばかりを見てきた……。いつか喜びの涙を流せるように、それだけを求めて生きる。涙が喜びに変わっても、やっぱり、悲しい涙は胸の奥深くにある。

考える力を持っている人間だから、本来は、あたたかく生きていけるはず。すべて認めて、すべて取り入れて……。

聞くと涙の出るもの。「津軽三味線の音」「神田川」遠い日のひろ坊との思い「神田川」の詩。狂ったように降る雪と日本海の荒波。

「津軽三味線の音」


季節が変わり、年が変わる。

思い出すのは故郷、遠くにいる娘と孫、そして亡くなった人達も……。


巨人軍の優勝パレードに銀座へ行く。三日間の連休だし　銀座はいつも行くので苦にならない。

人　人　人！

それがまた楽しい。いつものニューメルサでの食事。今日はちょっとフンパツだぞ。食いすぎだ！


「北の国から」の五日通しての三時間近い放映を見る。蛍達の小さい頃の放映はあまり見たことがなかったが、大体の経緯は知っている。いつも十時に寝る私が、今度ばかりは「北の国から」を見たくて十一時過ぎまで起きて見た。

自分が北海道生まれで親達から離れ、亡夫と洋子といたあの三年間の苦しみを「北の国から」の放映に重ね、なお辛く切なく、苦しく哀しく貧しさを重ね合わせて胸が苦しくつぶされそうになった。

映像ではなく、本当に北の国でつぶされそうになっている今の自分がいた。それは本物の自分の体について感じる、映像をはるかに超えたシネラマ。

平成六年二月十日、九時半頃フジテレビ事務局から電話がありました。何か？と一瞬思う。「北の国から」のテレビを見て感想を書いて送った手紙を、フジテレビのインターネットのホームページに名前を出して出してもいいか、ということだった。ホームページの「北の国から」の手紙に出るとのこと。

私はパソコンを持っていないし機械には弱い。ホームページを出して知っている人に聞いたら、日時がわかればプリントしてあげると言ってくれた。

横浜の姉にも教えた。洋子にも教えたら、洋子はすぐにわかってプリントして送ると言ってくれた。知らないのは私だけでした。

二月二十日過ぎとのことでしたので、楽しみに待っています。

何はともあれ嬉しいなあ。

綺麗な手より働く手のほうが好きだ。

口に出さなければ、態度で示さなければ伝わらないことが、この世の中にはたくさんある。
でも、ごく自然にできる人こそすごいところだね。

苦しみも、悲しみも、独りぼっちなら涙も出ない。

苦しくなったり、嫌いになったら、亡くなった人達を思う。今の世まで生きてきた喜びを感謝せよ。

五月七日夜九時三十分、シンガポールから蘭の花が届く。母の日といって洋子が贈ってくれた。
感謝　感謝！

五月二十四日、洋子から蘭の花が贈られてきた。海を越えてフライとしてきた色とりどりの花がたくさん入っていた。

ひろ坊の仏壇と私の居間に……いい匂いがする。
今年の夏はシンガポールに行かないが、十数年、毎年洋子が呼んでくれた。感謝！

言葉と態度の裏返し　真実のない行動。何を信じろというの。
母親たちよ、幼児からの育て方を間違えるな。

言葉は時として武器になり……時として自分をも苦しめる。

子供がいたからこそ、今、幸せといえるのだろう。そして、これからはなおさらに……。

子供は生まれてきてくれただけで、親孝行なのです。

子供は宝というけれど、どこまでが宝なのかな。自分の手を離れたら、宝じゃなくなるのかな。
離れていても宝なのかな。
嬉しさと喜びと、宝とは違うと思う。あきらめも宝かも。

この子を他人にあげたら本当に幸せになるんだろうか。

今、私は一粒の米も、一銭の金も残さず急死した夫・ひろ坊を思いながら思う。テレビや本などで人間自体粗末にする時代。それでも娘と二人生き抜いてきた。幸、不幸というより、それが私。

今も思う。子供だけは他人にやらずよかったと！


この年になって幸せとは、健康で、食べられて、時間に追われないことです。

病気はいつくるかわからないけど、それは誰も決められるものではないね。

時間を自由に使える今に感謝！　六十五歳。


北海道の義姉さんが生ものを送ってくれた。御礼の電話をするよりまずパクッと食べた。故郷の味がした。嬉しくって万歳を言ってしまった私。義姉さん、いつまでも元気でいてね。そうでなければ故郷を忘れてしまう。

三十歳のひとりと六十歳のひとりとは違う。

幸せも不幸せも自分が作るもの……。

自身以外、この世で一番かけがえのないもの……それは娘。

自然に伸びてゆく若い木が、人の手で切られ淋しくてならない。切る前に相談してほしかったし、何も丸坊主にしなくても……。

失敗しても泣くな。二度と繰り返さなきゃいいんだから……。

自分（私）が一番やすらぐところ。娘や孫のところじゃなく、この部屋。
時折思う　故郷の波の音。

自分の幸せは自分で考えなければならないし、それでよいと思うでしょうけれど、何もできなかったお母さんからただ一つ、自分の子供ほど力になってくれる宝はないということです。

自分で何もできなくなったら、逝かせてください。早く！　後の事は自分でできないから、よろしく。

自分らしく、個性を出して生きることは難しいこと。個性を出すと苦しむことになる。

小心者のクソ度胸。

女性の生き方、男性の生き方なんてない。自分の行き方で生きればいい。相手に迷惑だけはかけぬように。

人生はキャンセルすることはできない。

信じられる人間って生涯どれだけいるだろう。一人もいないかもしれないね。

好きだ嫌いだ贅沢ばかり、そんなことは言っていられない。食べられないで死んだ人達がそばにいた。

一九九〇年十月二十七日、五十五歳の誕生日。ひろ坊より三十四歳も生き延びてしまった。今、一緒にいたら、どんなに楽しいだろう。

退屈なものの見方はしたくない。

大好きな者に子供が生まれるという。あんなに望んでいたのに、大手を広げて喜べないのはなぜ。

他人の言葉に、いいなあ……とか、よかったね……とか、返事をするが、他人のやること、することに、うらやましいと思ったことはない。

妥協しなくちゃならないなら、それは私じゃなくなる。

他人の言葉を信じるより、その人の行動で信じたい。

誰がなんと言おうと洋子ちゃんの人生は自分で決めるものなんだから……。

たわいのないことを気軽に話せる家族があるといいなあ……。

自分の苦労をだまっていてもわかってくれるほど家族ってのは甘くない。

小さな日本国だけど四季があるのが一番自慢。その国の小さな村だけどまた四季があり、山あり、海あり、丘あり、川あり、人情あり、人それぞれに自然を生き、今、私は故郷を思う。だけど、帰ることはできても住むことはできない。でも、故郷を見て涙する。

直接でなくとも、自分をずっと見てくれている存在。そんな〝守り神〟を持っている人はとても幸せです。

勤め、仕事を終えてから第二の人生と皆言うが、私は、生まれてから死ぬまでその人の人生で、第一も、第二も、第三もなく生きるのが人生そのものと思う。

生きるのが人生で運命も。

強い心はいつか折れる。だけどしなやかな心は折れにくい。

テレビの中の雪を見ては故郷を思い、おいしくない魚を食べては兄を思い出す。

天気よし、食べられることに感謝！　食べ過ぎることに反省！　休日にいつも思うこと。

どうしようもなければ、そのまま受け止めよう。

年上には、知っていても知らない振りして聞いてあげるのも一つの手かも。そしてたまには年下にもね。きっと、それを和というのでしょう。

どんなことがあっても生命がある限り、人は生きなければならない。

どんなに愛し合っても、信じ合っても、人の心がそこまで寛容じゃないってことを知っている。

どんなに苦しくとも、どんなに悲しくとも、分かち合ってゆける人がいると、それは苦にならない。

どんなに苦しくとも、貧しくとも、生きる選択を間違わないで！

どんなに地位があって、教養があって、知性があっても、人間としての道がなければその人のことを尊敬できない。

春ばかり花は咲くんじゃない。秋に咲かせる花もあっていいじゃない。

どんなことにも真をこめてやる。人はそれを、やりすぎ、馬鹿正直と言う。自身も時々くじけるが、これが「自分なのだ」と奮起する。

どんなに生きたくとも終わらざるを得ない命があることを知っているから……。

今、生きられる命を大切に、感謝！

苦い記憶よりも、今、会える笑顔を大切に……。

寝る前にベランダに出て空を見る。三日月と、いつもは見えないたくさんの星が見えました。シンガポール（洋子のところ）から見る月も同じかな……と思ったり……。

一人になって気が楽と思う。だが、快の写真や洋子の写真を見て安心する自分。

故郷の唄を聴き、漫画を読んで涙し、画面から見える人々の話に涙し、なぜかこの頃涙もろくなる。

あまりにも苦しく切ないいままでの暮らし、今、安心して生きられるのに、涙が多すぎるのはなぜ……。

故郷へ続く汽車がとりのぞかれ、残ったのは錆びた線路だけ。それだけが故郷への道。

ひょんなことから知り、経堂のいつも行く店店で声を、あいさつを交わすだけでしたが、南田洋子さんに本をあげました。その日、九時過ぎに私へのお礼の電話がありました。うれしかった。録音してとっておきたかった。忙しいのに電話で感想を、普通の電話で下さり、一生心に残ることだろう。

平和になり、豊かになるとゴミが増える。町にも人間にも、自分自身にも……。

北海道のニシン漬を売っていた。けっこう高価だ。食べたくて買ったが、故郷の味はしなかった。

褒め言葉、どんな言葉でも嬉しいわけじゃない。

マイナスのものをプラスに換えてゆける精神を持ちたい。

曲がり損ねた人生の角。誰の忠告も聞かず、ただひたすらにつき進んでしまった。責あるなら自分を責めるしかない。あんな人間を見抜けなかった自分を嘲笑うしかない。

道を間違えるな。人が懸命に生きるのは、自分が幸せになるためだ。

昔と違い今の世は、若さと健康があれば何も必要ないだろう。健康に自信がなくなり、年老いた者達が頼れるものは、心が通じ合う、血が通い合う者しかない。

娘がしてくれたことが嬉しくて知人に話す。親の背中を見て育ったからそんな良い娘に育ったというが、お母さんはいつも思うが、それまでになったのは、洋子さん、あなたが偉かったからよ。

胸の中の消えない面影、あの日から私の心は年をとらない。心だけは年をとらない、そんな女がひとりぐらいいたっていいじゃないか……。

もう、あなたのこと忘れてしまったと思ったのに、ふとすれ違った、見知らぬ男性の香りに、二十歳の時逝ってしまったあなたを思い出し、振り返ってみたが、そこには、あなたはいなかった。

もう、忙しい生活をしないで、楽しみながら生きてみようネ。

やさしいと思うから甘えられない。

洋子ちゃん三十五歳、お誕生日おめでとう。

お母さんもそうですが、洋子ちゃんもお父さんより十数年多く生きられ、今まで何が幸せと思ったかというと、洋子という娘がいたことです。小さかった時はお母さんの生きがいで、今、五十路を四年も超えたお母さんには心の生きがいです。

それも、洋子ちゃんが常識のある子供であったからです。


洋子も好きだし快も可愛い。一緒に住み、面倒見てやるのは、今、会社を持っている洋子にとって一番いいことと思う。

快を見てやりたいが、私もようやく自由を見つけたのです。

言葉、買い物、自由に歩いて行ける所にあるのなら、少しはその気になれるかも……。暑さに弱い私には、シンガポールは遠いし、病気に滅入ってしまいそう。やっぱり日本が一番好き。

死ぬ時も一人だろうが、それでも自由に生きられるここが私の楽園。

洋子も良い娘。快も良い児。私の一番大事で、大切なもの。

私は自分自身の働きを知っているからそれ以上のことを望まない。

私に頼られても何もなかった私ですが、あの娘も重荷にならないし、私もあの娘の重荷にならないようにしなくてはと、いつも思ってきました。

群れず、馴れず、へつらわず。

我が人生に悔いはないと、言いたいが、ひろ坊とずっと一緒じゃなかったので、それが悔いかな。洋子も快も良い子に育ってくれたし。

陽射しのうららかな日に、ちょっと昼寝するように、そのまま逝けたらいいのに……

〝お願い〟

私が死んだら、すぐ骨だけにして（死んでからの顔を見せたくない）。本当は日本海に散骨してほしいが、江部乙町の墓にひろ坊の遺骨が入っているから、やっぱり一緒に入れてもらいたい。できない時は……日本海へ……。

清めの体を拭くのもいらない、遺影もいらない（好きじゃない）。花は濃い紫の「みやこわすれ」と白いデージー、野に咲く花。故郷の畑の隅や道の片隅に咲いていたっけ。

**著者プロフィール**

**江波戸クニ**（えばと くに）

1935年（昭和10）北海道に生まれる。

国民中学校卒業後、地元の漁業協同組合に勤務。18歳で結婚。

24歳で上京し建設会社、自動車会社、国立がんセンターなどに勤務した後、世田谷区立小学校の調理士として37年間勤務。

2000年（平成12）退職。

**今も私はあなたの愛でいっぱいです**

---

2005年3月15日　初版第1刷発行

著　者　江波戸 クニ
発行者　瓜谷 綱延
発行所　株式会社文芸社
〒160-0022　東京都新宿区新宿1－10－1
電話　03-5369-3060（編集）
03-5369-2299（販売）

印刷所　株式会社ユニックス

---


ISBN4-8355-8694-8